우리의 야간열차가 닿을 곳에서,

2026. 문지혁

나이트 트레인

문지혁

나이트 트레인

문지혁

소설

PIN

057

차례

DAY 9200   서울   9

DAY 1   런던   31

DAY 4   브뤼셀   43

DAY 5   암스테르담—프라하   65

DAY 7   잘츠부르크   89

DAY 10   빈   95

DAY 11   베네치아   113

DAY 13-18   로마—니스   135

DAY 19   파리   151

DAY 21   파리—김포   173

DAY 9286   서울   187

작품해설   192

작가의 말   210

PIN

057

나이트 트레인

문지혁

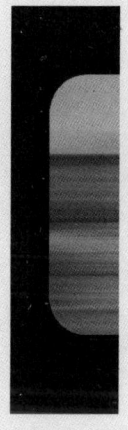

DAY 9200

서울

1

이것은 여행에 관한 기록이다.
하지만 인생에 여행 아닌 것이 존재할 수 있나?

2

이 글을 쓰고 있는 것은 2024년 9월 6일 금요일이다. 그다음 문장을 쓰고 있는 건 10월 26일 토요일이다. 나는 몇 달째 여기까지만 쓰고 멈춰 있다. 쓰다가 말다가. 썼다가 지웠다가. 나는 이제 어떤 여행에 관해 쓰려는 참이다. 그러나 정작 글은 쓰지 않고, 혹 도움이 될까 싶어 책상 한쪽에 쌓아둔 다른 책들만 뒤적거리고 있다. 내가 관심 있는 것은 여행 책처럼 보이지 않지만 여행을 다룬 책들이다. 이를테면 조르주 페렉의 『W 또는 유년의 기억』, W. G. 제발트의 『아우스터리츠』, 프리모 레비의 『이것이 인간인가』, 서경식의 '인문 기행 시리즈' 같은 것들. 그러나 곧 그 책들이 내가 쓰려는 글에는 별 도움이 되지 않는다는 것을 깨닫는다. 책을 덮고 나는 다시 반복한다.

쓰다가 말다가. 썼다가 지웠다가.

이것이, 오직 이것만이 가장 정직한 창작의 태도라고 나는 결론짓는다(물론 자기 합리화나 정신 승리일 수도 있다). 계속 쓰는 것과 계속 쓰지 않는 것에는 큰 의미가 없다. 둘 사이를 오가는 것. 움직였다가 멈추는 것. 떠난 자리로 돌아오는 것. 여행에 관한 기록을 시작하기 전에 내가 알게 되는 것은 말하자면 여행만이 중요하다는 사실이다. 여행만이 가치 있다. 여행만이 존재한다. 다른 것은 없다.

3

네 물건이니까 알아서 해라.

몇 주 전에 아버지는 이사를 한다면서 소포를
보내왔다. 은퇴 후, 어머니도 없는데 휑한 느낌을
주는 그 마당 딸린 오래된 집에서 지내는 것이 싫
다고 했다. 아버지가 보낸 택배 상자 속에는 별의
별 것들이 다 들어 있었는데, 대부분은 내가 유학
혹은 결혼 전에 쓰던 물건들이라서 마치 죽은 청
년의 유품을 받아보는 기분이었다. 다만 그 청년
의 이름이 나와 같다는 것이 특이할 뿐.

상자 안에는 이런 물건들이 들어 있었다 :

─대학 때 열심히 듣던 은색 소니 CD 플레이어와 리모컨

　─낡고 헤지고 냄새나는 옷들

　─빛바랜 군복(심지어 고무 링까지)

　─군대에서 쓰던 캔손 하드커버 다이어리

　─영문과 교재였던 『노턴 앤솔러지』(책머리에 당시 여자친구의 이름과 학번이 쓰여 있다. 분명 광화문 교보문고에서 내가 샀던 기억이 있는데…… 빌리고 돌려주지 않은 것인가? 교환한 것인가?)

　─색이 뭉개진 스티커 사진 앨범

　─사놓고 쓰지 않은 편지지, 노트, 엽서 뭉치

　─예이츠 시집

　─신춘문예에 응모했던 원고 묶음

　─출처를 알 수 없는 녹슨 은반지

　그중에서도 내 눈길을 끈 것은 사진이었다. 인화한 필름 사진들은 마치 보호 기능이 없는 에어캡처럼 여기저기 소포 속 빈틈을 메우고 있었는데, 유독 어느 한 묶음만은 회색 종이봉투에 들

어 있었고 봉투 겉면에는 독수리 그림과 함께 'ARMANI EXCHANGE'라는 글자가 여전히 선명했다. 나는 독수리와 알파벳 속에서 어느 무더운 여름, 로마의 콘도티 거리를 서성이던 청년의 뒷모습을 발견했다. 길게 저물어가던 저녁 햇빛과 아무 소리도 흘러나오지 않는 이어폰, 그리고 텅 비어버린 어떤 마음이 차례로 떠올랐다. 그건 지난 세기의 일이었다.

4

1999년 6월 종강 무렵, 나는 시청 앞 거리를 걷고 있었다. 여행사에서 주최하는 오리엔테이션에 참석하기 위해서였다. 내가 구매한 상품은 '내일로 떠나는 유럽 호텔팩 21일'이었고, 여행사는 시청역 근처 붉은색 벽돌 건물에 자리했다. 회의실이라는 팻말이 붙은 작은 공간에 열 명 남짓한 청년들이 모였다. 모인 이들의 면면은 다양했는데, 긴장한 탓인지 서로 인사를 나누거나 자기소개를 하지는 않았다. 침묵 속에 어색한 시간이 흐르고 곧 여행사 직원이 등장했다. 그는 여행 일정이 적힌 유인물과 각종 브로슈어, 할인 쿠폰, 국가별 여행 정보와 유의 사항을 나눠주며 말했다.

"런던으로 들어가서 파리로 나옵니다. 아시겠죠? 유럽을 시계 방향으로 한 바퀴 빙 도는 거예요, 이렇게."

그는 팔을 크게 뻗어 뒤에 있던 화이트보드에 동그라미를 하나 그렸다.

"이것만 기억하세요. 런던 인, 파리 아웃!"

나는 어딘지 부끄러워서 그가 나눠준 일정표만 들여다보았다.

DAY 0 : 김포

DAY 1 : 런던

　　　 2 : 런던—야간버스

　　　 3 : 브뤼셀

DAY 4 : 브뤼셀/암스테르담—야간열차

DAY 5 : 프라하

　　　 6 : 프라하

DAY 7 : 잘츠부르크

DAY 8 : 뮌헨

　　　 9 : 뮌헨/퓌센—야간열차

DAY 10 : 빈—야간열차

DAY 11 : 베네치아

　　　 12 : 베네치아—야간열차

DAY 13 : 로마

　　　 14 : 로마

　　　 15 : 로마—야간열차

DAY 16 : 취리히 / 인터라켄

DAY 17 : 인터라켄—야간열차

DAY 18 : 니스—야간열차

DAY 19 : 파리

　　　 20 : 파리

　　　 21 : 파리

DAY 22 : 김포

　한 달 뒤 7월 1일 목요일 오전, 우리는 프랑크푸르트를 경유하는 런던행 대한항공 여객기를 타기 위해 김포공항에 모였다. 나는 폴로 반소매 셔츠에 남색 치노 반바지를 입고 닥터마틴을 신었는데, 백팩은 메지 않고 메신저백에 캐리어를 들었다. 부산에서 올라왔다는 형들은 나를 발견하고는 멀리서부터 손가락질을 하며 말했다.

“니는 뭐 어데 출장 가나?”

5

그때 나는 왜 유럽에 가려고 했던 걸까?

25년이 지나고 나서야 생각한다. 90년대 후반에 대학생들 사이에서 유럽 배낭여행이 유행처럼 번졌던 것은 사실이다. 하지만 97년 IMF가 터진 직후 대학에 들어간 나에게는 다소 어려운 선택이기도 했다. 유럽으로 떠나는 대학생에 대한 동경으로 학교 생활을 시작했는데, 이토록 침울한 분위기라니. 게다가 필요한 돈도 적잖았다. 3주 정도 숙소만 정해놓고 자유 일정으로 돌아다니는 일명 '호텔팩'을 떠나기 위해서는 당시 돈으로 200만 원 가까이 들었다. 여비까지 따지면 300만 원을 채

한 달이 되지 않는 기간에 날려버리는 셈이었다. 나는 한 달에 두세 개씩 열심히 과외를 했다. 스무 살의 내 세계는 너무나 작았고 할 줄 아는 건 공부 뿐이었으므로 그 방법밖에는 없었다. 과외비가 든 하얀 봉투를 가방에 넣고 돌아오는 밤길이 차곡차 곡 쌓일수록 유럽 대륙과 조금씩 더 가까워지는 기분이었다.

사실 나는 원래 한 친구와 신입생이던 1998년에 유럽을 가기로 했었다. 그러나 친구의 사정으로 여 행이 무산되고, 대신 떠난 제주도 자전거 일주 여 행 후 크게 앓았다. 다음 해 여름이 다가왔을 때는 1년간 열심히 과외해서 모은 돈 300만 원이 잔고 로 쌓여 있었다. 친구는 그해도 유럽에 가기 어렵 다고 했지만, 이번에는 나 혼자서라도 여행을 가야 겠다고 마음먹었다. 1년 사이 그래야 할 이유가 생 겼기 때문에.

6

회색 종이봉투 속, 열두 개의 작은 비닐 포장 안에는 사진이 들어 있다.

겉에는

추억이 숨 쉬는

생생한 **코닥 칼라**

라는 문구가 인쇄되어 있고, 사진을 꺼내기 위해 만질 때마다 비닐에서는 바스락거리는 소리가 심하게 난다. 사진 뒤에는 내 글씨가 분명하지만 어딘가 지금과는 다른 것 같은, 글자 끝이 대체로 어딘지 신이 나 있는 어색한 손글씨.

영국
벨기에
네덜란드
체코
오스트리아
독일
이탈리아
스위스
프랑스

이제는 상상도 할 수 없는 필름 사진. 기억이 맞다면 나는 아버지에게 물려받은 검은색 구식 올림푸스 카메라와 함께 필름 스무 통을 여행에 가져갔고 그중 열네 통을 찍었다. 한 통당 24매 정도 되니까 300매 넘는 사진을 찍은 셈이다. 내가 나를 찍을 수 없는 카메라라서 내 사진의 비중은 크지 않다. 대부분은 풍경 사진이거나 타인을 찍은 사진이다. 간혹 타인이 찍어준 내 사진도 있다. 나는 바스락거리는 소리를 들으며 다음 사진, 다음 포장으로 넘어간다.

7

여행에는 목적이 있을까?

일찍이 마르틴 부버는 말했다. 모든 여행에는
여행자가 알지 못하는 비밀스러운 목적지가 있다
고. 물론 당시에는 이 말을 알지 못했지만(들었다
해도 그 의미를 몰랐을 것이다) 여행을 꿈꾸고 좌
절했던 1998년과 실제로 떠났던 1999년 사이에
나에게는 몇 가지 유의미한 사건들이 있었다. 하
나는 고등학교 때 좋아했던 여자아이가 새 남자친
구와 사귀기 시작했다는 것. 다른 하나는 내가 그
친구를 잊지 못하고 다가오는 모든 사람에게 일종
의 벽을 세우고 다녔다는 것. 여느 스무 살이 그렇

듯 나 역시 내 마음을 도무지 종잡을 수 없었고 무엇을 어떻게 해야 할지도 몰랐다.

고등학교 시절 좋아했던(나는 사귀었다고 생각한) O는 과는 다르지만 나와 같은 학교에 다니고 있었다. 정확한 이별 선언이 없었기 때문에 헤어진 건지 그저 소원해진 건지 혼란스러워하고 있을 때, 그 아이는 첫 방학이 지나고 가을 학기가 시작될 무렵 한번 만나자고 했다. 매일 오가는 학교 카페테리아에서였다. 다시 시작하자는 말을 들을까 싶어 한껏 기대하고 있던 나에게 O는 이제 확실히 관계를 마무리하는 것이 좋겠다고 했다. 그러면서 테이블 위에 뭔가를 올려놓았는데, 작은 검정 케이스에 담긴 은반지였다. O는 자신이 여름에 다녀온 유럽 여행 이야기를 했다. 어디가 좋았고, 뭐가 맛있었고, 어떤 풍광이 인상적이었는지. 그러고 보니 얼린 우유처럼 하얗던 그녀의 얼굴이 조금 그을린 것도 같았다. 빈의 어느 거리를 지나다가 문득 네 생각이 나서 샀어. **너 은반지 좋아한다고 했잖아?** 하지만 나는 어떤 말도 제대로 들리지 않았고 무엇도 또렷하게 보이지 않았다. 불에

타는 것 같은 화끈함과 정신을 잃을 것 같은 어지러움 속에서 나는 현실과의 가느다란 끈을 붙잡기 위해 그 반지만 쳐다보고 있었다. 화려하지는 않지만 눈앞에서 반질반질하게 빛나고 있는 작고 환한 동그라미를.

자리에서 일어나면서 O는 말했다.

"여자친구 생기면 줘도 돼."

8

내가 O에게 은반지를 좋아한다고 한 적이 있었
는지는 기억나지 않는다. 내가 좋아했던 건 그 아
이였지 은반지가 아니었다. 그러나 그것은 그녀가
나에게 마지막으로 준 선물이면서 동시에 그녀 자
신이기도 했다. 사물에 감정적 의미가 덧씌워지면
그건 객관적 상관물이 되고, 은반지는 더 이상 평
범한 은반지가 아니게 되니까. 나는 몇 달 동안 그
걸 소중히 간직했다(다소 작아서 손가락에는 꽉
끼었다). 그러다 어느 날 극장에서는 볼 수 없었던
(일본문화 수입이 금지되던 시절이었다) 이와이
슌지의 영화 「러브레터」를 특별 상영하는 학교 안

극장에 갔다가 새 남자친구와 팔짱을 끼고 나타난 O를 보았다. 나는 그 순간 유럽에 가야겠다고 생각했다. 목적은 하나였다. 빈에 가기 위해서.

DAY 1

런던

9

비가 많이 온다던 런던은 예상과 달리 맑았다. 프랑크푸르트를 거쳐 히스로 공항으로 들어온 우리 일행은 호텔까지 우르르 함께 이동했다. 장거리 비행의 피로와 낯선 시차, 앞뒤로 가득한 한국 사람들 틈에서 잠깐 '이러려고 여기 온 게 아닌데……' 같은 생각을 했던 것 같다. 그때 나는 비행기에서 CD 케이스를 잃어버렸다. 당시 가요를 꽤 열심히 들었는데(주로 이별을 노래하는 한국 발라드만 골라서), 좋아했던 가수들, 이를테면 이승환, 이적, 토이, 박정현, 김동률, 윤종신 등의 앨범을 모두 챙겨 동그란 철제 CD 케이스에 담았고 그걸 비행기 좌석 앞쪽 주머니에 넣어두었다가 깜빡 잊고 내린 것이다. 우여곡절 끝에 도착한 숙소에서 체크인을 마치자 나는 그날의 에너지를 모두 썼다 느꼈고 그대로 쓰러져 잠이 들었다. 잠자리에서는 귀국행 비행기를 놓치는 꿈을 꿨다.

다음 날 아침, 눈앞에 펼쳐진 낯선 천장을 보면서 잠시 내가 어디에 와 있는지를 가늠하느라 몇 초간 멍하니 누워 있어야 했다. 어딘가에 영혼을 두고 온 느낌이었다. 옆 침대에서 잠들었던 룸메이트 형(그는 원주에서 올라온 의대생이었다)은 벌써 옷을 차려입고 나갈 채비를 하고 있었다.

"아침 안 먹어?"

정신을 차리고 옷을 대충 챙겨 입고는 식당이 있는 2층으로 내려갔다. 여기저기 듬성듬성 손님들이 앉아 아침 식사를 하고 있었다. 우리 일행 말고도 한국 사람으로 보이는 이들이 여럿이었다.

"괜찮아, 울지 마."

접시에 크루아상과 요거트 같은 간단한 먹을거리를 가져와 자리에 앉으려는데, 옆 테이블에서 누나 한 명이 울고 있었다. 친구 사이로 보이는 다른 누나가 등을 다독이며 달래는 중이었다. 왜요?
내가 입 모양으로 묻자 다른 누나도 입 모양으로
답했다.

집에 가고 싶대.

나와 같은 테이블에 앉은 부산 형들은 저거 와
글나 저 가시나는, 하면서 왁자지껄하게 떠들다가
웨이터에게 한 소리를 들었다. 세 사람이었는데
모두 군필자였고 그중 머리가 짧은 한 명은 불과
사나흘 전인 6월 30일에 전역했다고 했다. 당시
내게는 낯설었던 군대 용어를 사용하며 짙은 사투
리를 구사하는 바람에 나는 그들이 하는 말의 절
반 정도를 알아듣지 못했다. 나는 딸기가 들어간
다는 요거트와 버터 냄새를 진하게 풍기는 크루아
상을 먹으며 지금 막 시작된 이 여행의 향방을 점
쳐보려 애썼지만, 밖에 비가 오기 시작했다는 것
말고는 아무것도 알 수 없었다.

10

영국에서 딱히 봐야만 하거나 가야만 하는 곳은 없었기 때문에 나는 영국 일정 사흘 동안 남들을 따라다녔다. 호텔팩은 말 그대로 숙소만 정해진 거라서, 매일이 자유 일정이었다. 대신 한국 사람끼리 모여 있다 보니 아침마다 조식 자리에서 누군가 어디 갈 사람? 이라고 말하면 그날그날 즉흥적으로 작은 일행이 편성되는 식이었다. 원하면 가도 되고, 원치 않으면 가지 않아도 된다. 혼자서 여행할 수도 있고, 그날 가장 사람이 많이 몰리는 일정을 선택할 수도 있다. 사진 속의 나는 대부분 다른 사람들과 있거나, 가끔 혼자 돌아다닌 날에는 풍경만 있다.

　대영박물관과 윈저성은 다른 사람과 동행한 일정이었다. 사진을 보면 대영박물관은 룸메이트형 커플과, 윈저성은 부산 형들과 같이 어색하게 웃고 있다. 여행 초반이니 아직 친해지기 어려웠을 것이다. 내가 혼자 돌아다닌 일정은 뮤지컬 「캣츠」를 보러 갔던 날이다. 둘째 날이었는지 셋째 날이었는지는 명확하지 않다. 돌이켜보면 왜 유명한 뮤지컬을 혼자 보러 갔을까 싶은데, 그건 아무래도 아침 식사 중간에 부산 형들처럼 벌떡 일어나 "오늘 윈저성 갈 인원?"이라고 외칠 용기가 나에겐 없었기 때문일 것이다. 나는 아침을 먹고, 무리 지어 떠나는 어떤 일행에도 끼지 않은 채 지하철을 타고 뉴 런던 시어터를 향해 떠났다. 1981년 초연 때부터 「캣츠」가 공연되던 극장이었다. 티켓 부스에서 운좋게 한 자리를 사고, 티켓 가격이 생각보다 저렴한 것에 기뻐하며 극장으로 들어갔다. 그러나 좌석을 발견한 순간 나는 왜 티켓 가격이 다른 자리에 비해 쌌는지, 정말로 이걸 살 거냐고 방금 전 판매원이 왜 두 번이나 되물었는지를 깨달았다. 그 자리는 극장을 떠받들고 있는 아주 두꺼운 기둥 바로 뒤에 있었고, 거기 앉으면 무대가 제대로 보이지 않았다. 상체를 불편하게 오른쪽이나 왼쪽으로 심하게 틀거나 아니면 아예 비스듬히 앉은 자세로 앞을 바라보아야만 했다.

불이 꺼지자 어디선가 고양이 옷을 입은 배우들이, 아니 정말로 고양이처럼 소리 내고 움직이는, 그러나 고양이는 아닌 존재들이 객석 사이에서 움직이기 시작했다. 그들이 좌석 사이를 돌아다니는 동안 나는 등을 잔뜩 뒤로 기대고 있었는데, 인기척에 고개를 돌려 바로 옆 복도를 바라보았을 때 고양이 하나와 눈이 마주쳤다. 눈이 마주쳤다기보다는 **맞닥뜨렸다**는 표현이 정확할지도 모른다. 그 순간 고양이는 구슬프고 날카로운 소리를 내며 손끝으로 내 어깨를 타고 올라와 볼을 쓰다듬었고, 나는 머리카락이 쭈뼛 서는 경험을 했다. 이후 진행된 공연은 끝날 때까지 나에겐 마치 오디오 드라마처럼 진행되었지만, 맨 처음 빳빳하게 섰던 그 머리카락의 느낌은 「메모리」의 익숙한 후렴이 울려 퍼지는 앙코르가 끝날 때까지도 사라지지 않았다.

11

　사흘간의 런던 일정을 끝내는 날 밤, 우리는 대륙으로 이동했다. 빅토리아 코치역에서 저녁 9시에 출발하는 야간버스를 타고 이동해서 다음 날 새벽 6시 벨기에 브뤼셀에 도착하는 일정이었다. 그때는 그게 섬에서 대륙으로 건너가는 가장 싼 이동 수단이라는 것도 몰랐고, 우리가 통과한 긴 터널이 '채널 터널Channel Tunnel'이며 그것이 영국과 프랑스 사이를 연결하는 길이 50킬로미터가 넘는 해저터널이라는 것도 몰랐다. 그날 밤 우리가 탄 버스가 도버해협 아래, 그러니까 바다 밑을 통과할 예정이라는 건 상상조차 하지 못했다. 그저 평범한 버스에 올랐을 뿐이라 생각했다.

그해 봄에 나는 영국 시 수업에서 매슈 아널드의 「도버해안 Dover Beach」이라는 시를 외우고 시험에도 썼지만, 그걸 떠올릴 수는 없었다. 만약 알았다면 "바다는 오늘 밤 고요하고 / 만조의 해협 위로 고운 달이 떠 있네"로 시작하는 시의 첫 구절을 생각해냈을 것이다. 빈칸 채우기였던 중간고사에서 내가 '고요하고' 자리에 'calm'을 맞게 써 넣었는지를 기억하려 애쓰면서. 그러나 여행의 순간에 나는 아무것도 떠올리거나 연결하지 못했고 그저 현실에서 밀물처럼 몰려드는 감각과 싸우는 데 온 힘을 써야만 했다. 이를테면 디젤 냄새와 버스의 진동, 차 안에 퍼져 있는 기분 나쁜 냉기 같은 것들. 왜 이렇게 춥지. 에어컨을 이렇게까지 틀 필요는 없는데. 너무 춥지 않아요?

포크스턴과 칼레, 잉글랜드섬과 유럽 대륙 사이의 어둡고 긴 터널을 지나면서 나는 그 말만 중얼거렸다. 자신의 미래를 예언하고도 기억하지 못하는 예언자처럼, 언젠가 같은 말을 엄마에게 듣게 될 것을 알지 못한 채로.

"오늘은 왜 이렇게 춥니."

DAY 4

브뤼셀

12

추위와 진동, 냄새 속에서 잠이 들었다 깼다를 반복하다 마침내 버스가 멈춰 선 곳에서는 이미 해가 떠오르는 중이었다. 터미널 건물 외벽에 적힌 낯선 지명이 눈에 들어왔다. Bruxelles.

호텔 체크인은 오후 3시였으므로 일행은 뿔뿔이 흩어졌다. 나는 어딘가에 들어가 잠을 자고 싶었지만 처음 도착한 낯선 도시에서 쉴 만한 곳을 찾을 수 있을 리 없었다. 누군가가 "여기까지 왔는데 초콜릿 먹어봐야지?"라고 했고, 나는 허기와 혼미 속에 그 말을 따라갔다. 공기 중에서 희미하게 오래된 신문지 냄새 같은 것이 났다.

몇 블록 떨어진 고풍스러운 고다이바 매장에는 관광객으로 보이는 사람들이 그득했다. 빈자리가 나기를 기다려 겨우 구석 자리에 앉은 일행은 넷이었다. 여대에 다닌다는 누나 둘(서로 친구였다)과 역시 나처럼 혼자 왔다는 동갑내기 여자아이. 나중에 부산에서 온 예비역 형 둘이 들어와 테이블을 합쳐 동석했다. 우리는 다크 초콜릿으로 만든 핫초코를 마셨다. 강렬한 단맛은 영혼을 치유하는 것만 같았고, 정신이 번쩍 들면서 밤새 버스에서 얻은 두통이 싹 사라졌다. 이래서 사람들이 설탕을 먹는구나, 단 음식을 싫어했던 나는 비로소 남들은 모두 알지만 나만 몰랐던 사실을 깨달았다.

"커플링이야?"

머그잔 바닥이 보이기 시작할 무렵 누나 중 하나가 물었다. 내 왼손 약지에 억지로 끼워져 있는 반지를 보고서였다. 나는 그건 아니라고 답했다.

"근데 왜 끼고 있어?"

나는 어떻게 대답해야 할까 머뭇거리다가, 남은 핫초코를 마저 마신 다음 말했다.

"애도 기간이라서요."

말이 끝나기도 전에 다른 일행이 모두 웃었다. 웃기려고 한 말은 아니었는데⋯⋯. 목구멍에서 쓴 맛이 올라왔다. 이게 웃기는 말인가?

"임마, 이거 웃기는 놈이네."

손가락질하기를 좋아하는 부산 형이 또 손가락질을 했다. 형은 주황색 색안경을 끼고 있었다. 나는 아무것도 남지 않은 머그잔을 들어 계속 마시는 척하며 붉어진 뺨을 가렸다. 부끄러움과 분노가 섞인 이상한 기분이 머그잔의 빈 곳과 내 입술 사이에서 맴돌았다.

"오줌싸개 거 보러 가야제?"

아무 일 없었다는 듯, 색안경 형이 반쯤 남아 있는 핫초코 잔을 소리 나게 내려놓으며 말했다. 일행은 주섬주섬 짐을 챙겨 일어났다. 나는 일부러 천천히 자리를 정리하는 척하면서 반지를 빼서 가방에 넣었다. 문을 열고 멀어져 가는 일행의 뒷모습을 바라보고 있는데, 다 나간 줄 알았던 일행 중한 사람이 남아 있었다. 동갑내기였다.

"너무 신경 쓰지 마."

그녀는 테이블 속으로 다른 사람들이 앉았던 의

자를 밀어 넣으며 말했다. 나는 고개를 끄덕인 다음 함께 의자를 정리했다.

13

　오줌싸개 소년 동상을 향해 걸어가면서 우리는 뒤늦은 통성명을 했다. 그녀의 이름은 E였고 일행 중 유일하게 나와 같은 대학이었다. 미술대학에서 동양화를 전공한다고 했다.

　"인문대 애들이 음미대 쪽 식당에 자주 가는데. 거기서 봤을 수도 있겠다."

　나는 음미대 식당에 갔던 숱한 점심들을 떠올리며 말했다. E는 고개를 저었다.

　"아닐걸. 우리는 다 인문대 식당 가서 먹거든."

　학교와 전공, 성적과 식당에 대해 이야기를 나누며 우리는 낯익은 일행들이 모여 있는 곳으로

갔다. 뜻밖에도 오줌싸개 소년은 옷을 입고 있었다. 하긴 오줌을 싸고 있다고 했지 벌거벗고 있다고 한 적은 없었다. 하지만 사진에서는 옷을 벗고 있었던 것 같은데⋯⋯? 잠시 후 가이드를 동행한 패키지여행으로 온 한국인 일행이 나타났고, 가이드는 동상을 보며 그 기원을 설명해주었다.

"⋯⋯뭐 여러 가지 설이 있습니다만, 가장 유명한 이야기는 여기 브뤼셀을 공격하려던 프랑스 군대가 성벽에 폭탄을 설치했는데, 어린 소년 하나가 폭탄의 심지, 심지 아시죠? 불을 붙이는 하얀 줄 같은 거요. 거기에 오줌을 싸서 불을 껐다는 전설이 있어요. 그 행동으로 소년은 브뤼셀을 위기에서 구했고, 그걸 기리기 위해 동상을 세웠다는 거죠. 믿거나 말거나지만요."

"근데 왜 옷을 입고 있어요?"

누군가 내 마음을 읽은 듯 물어보자 가이드는 시드렁한 말투로 답했다.

"얘가 가진 옷만 천 벌이 넘어요. 전 세계에서 선물이 쏟아지고요. 오죽하면 오줌싸개 옷 박물관까지 있다니까요. 세보진 않았지만 1년으로 치면

옷을 입고 있는 날이 더 많을걸요?"

　주위를 둘러보니 우리 일행 모두 말없이 가이드 설명에 귀를 기울이고 있었다. 누가 봐도 한국 사람임이 분명한 색안경과 부산 형들까지도. 나는 그 모습이 우스워 색안경 형에게 다가가 말을 걸었다.

　"진짜 작네요."

　"뭐가?"

　"동상이요."

　나는 나를 이상한 눈으로 바라보는 색안경 형에게 같은 시선을 돌려주었다. E가 웃으며 내 등을 두 번 치고 지나갔다.

14

지구상에서 가장 허무한 랜드마크임이 분명한 오줌싸개 소년 동상을 보고 온 다음 날, 아침 먹는 자리에서 어제 같이 움직였던 누나 둘이 다가왔다.

"너희 자전거 좋아해?"

나는 엘리베이터를 기다리다가 만난 E와 막 한 접시 떠서 앉으려던 참이었다.

"좋아하죠."

E가 나를 쳐다보면서 말했다.

"너는?"

누나들이 나에게 물었을 때 나는 잠깐 머뭇거렸다. 어떻게 대답해야 하지? 오늘 특별히 가고 싶은

곳이나 하고 싶은 일이 있는 건 아니었다. 적어도 빈에 도착할 때까지는 그랬다. 하지만 나는 혼자 여행을 온 건데, 이렇게 계속 같이 다녀도 되나? 여행 내내 이런 식으로 다른 사람에게 끌려다녀야 하는 건가?

"빨리 말해."

그때 E가 발로 내 운동화 끝을 찼고, 나는 나도 모르게 말해버렸다.

"저도요."

그러자 내 대답과 동시에 누나 둘이 손뼉을 쳤다.

"그래? 잘됐다. 우리 오늘 브뤼헤 갈 건데 같이 가자."

나는 E를 다시 바라보았다. 그녀는 이미 크루아상을 베어 물고 있었는데, 고소한 냄새가 내 코에까지 닿았다.

"8시 30분에 로비에서 봐."

누나들이 사라진 다음 E가 말했다.

15

브뤼헤역 근처의 자전거 대여소에서 시간을 지체한 건 나 때문이었다. 대여소 사장이 누나 둘과 E에게 여성용 자전거를 내어주고 각각 안장을 조율해주는 데까지는 별 문제가 없었는데, 나한테는 안장이 껑충 높은 검은색 남성용 자전거를 꺼내준 것이다.

"넌 남자니까 이걸 타야지."

사장은 서툰 영어로 띄엄띄엄 말했다. 유 아 맨, 쏘 유 라이드 디스. 그러나 나는 안장 높은 자전거가 익숙지 않았고(가장 낮게 맞춰도 나에겐 너무 높았다), 큰 자전거를 타고 싶지도 않았으므로 여성용을 타겠다고 우겼다. 전해 여름, 유럽 대신 갔던 제주도 자전거 일주에서 생겼던 자전거 트라우마가 되살아나는 듯했다. 심지어 눈앞의 누나 한 명은 나보다 키도 컸다. 사장은 몇 번 더 나에게 강권하더니 결국 두 손을 들며 고개를 저었다.

노 맨 라이드 워먼스 바이시클.

나는 못 들은 척하고 분홍색 자전거 위에 올라탔다. 적당한 안장의 높이가 내 키엔 딱이었다. 페달을 밟자 속도가 붙으면서 주변의 공기가 다르게 느껴졌다.

우리는 운하를 따라 자전거를 타고 달렸다. 중간중간 근사한 풍경이 나오면 멈춰서 사진을 찍기도 했는데, 지금 내가 손에 들고 있는 사진처럼 운하 옆에 자전거를 세워두고 찍기도 하고 풍차 아래서 잔뜩 폼을 잡기도 했다. 네덜란드에만 있는 줄 알았던 고풍스러운 풍차들을 지나 계속 달린 끝에 결국 마르크트 광장에 도착했다.

"여기선 홍합이 제일 유명하대."

키 큰 누나가 배낭에서 꺼낸 여행책을 펼쳐 보이며 말했다. '브뤼헤에서 하나만 먹을 수 있다

면?'이라는 제목 밑에 붉은 글씨로 크게 '홍합!!!'
이라는 단어가 강조되어 있었다.

우리는 홍합 음식점을 찾아 들어갔다. 적당히
땀을 흘린 탓에 모두 허기진 상태였다. 웨이터는
영어를 잘 알아듣지 못했지만 우리를 붉은 체크무
늬 테이블보가 깔린 야외 좌석으로 안내했다. 달
릴 때 시원했던 바람은 이제 땀을 식히기에 적당
한 미풍이었고 하늘은 엷은 주황빛으로 물들어 조
금씩 다가올 저녁과 밤을 예고하고 있었다. 자전
거는 벌써 까맣게 잊어서인지, 모든 것이 완벽한
여행 속 하루처럼 느껴졌다. 적어도 홍합이 도착
하기 전까지는.

"다 나온 건가?"

커다란 접시 안에 삶은 홍합이 가득 들어 있었
다. 말 그대로 홍합이었고 홍합뿐이었다. 다른 건
없었다. 우리는 당황했지만 조심스럽게 먹기 시작
했다. 이번에는 내가 용기를 내어 웨이터에게 혹
시 물을 줄 수 있느냐고 물었다.

"엑스트라 차지, 엑스트라 차지."

웨이터는 추가 비용이 든다는 것을 두 번이나

강조하고, 내가 이해했음을 확인하고 나서야 생수를 가져다주었다. 접시 속 홍합이 거의 비워져갈 때쯤, 아까 여행 책을 펼쳤던 누나가 말했다.

"여긴 뭐 피클도 안 주네?"

16

홍합을 먹은 뒤 우리는 기차를 타고 암스테르담으로 이동했다. 나라가 바뀌고 국경을 넘는 일이었지만 전혀 그렇게 느껴지지 않아 신기했다. 암스테르담역에 도착하기 전부터 하늘이 조금씩 흐려지더니 열차에서 내릴 무렵에는 비가 쏟아지기 시작했다. 우리가 암스테르담역에 간 것은 단지 프라하행 야간열차를 타기 위해서였으므로 다들 크게 상관하지 않는 분위기였다. 야간열차 출발까지 주어진 시간은 겨우 세 시간이었다.

역에 내리자 런던의 아침에서 봤던 일행들이 거기 다 있었다. 부산 형들 셋(색안경 형은 그 날씨에도 색안경을 끼고 있었다), 집에 가고 싶다고 울었던 누나와 그 친구, 여대에서 온 말수 적은 누나들, 원주 의대 커플, 브뤼헤에서 자전거 타고 다녔던 누나들과 E까지. 비가 와서 날씨가 갑자기 쌀쌀해지는 바람에 다들 짐 가방을 열어 급하게 웃옷을 걸쳤다.

"뭐 이딴 식으로 일정을 짜놨노?"

부산 형들이 투덜거리는 소리를 들으며 나는 일행을 뒤로하고 역 바깥으로 나섰다. 일정상 잠깐 들르는 도시였지만 그래도 한 번쯤 걸어보고 싶었다. 암스테르담. 세계사와 세계지리 수업 시간에서 들었던 네덜란드의 수도. 운하와 자전거, 예술과 문화, 자유와 관용의 도시. 그러나 우산을 펴고 걸은 지 불과 10여 분 만에 내 기대와 환상은 빗속의 휴지처럼 급격히 사그라들었다. 운하는 뭔가 상한 것 같은 탁한 진녹색이었고, 거리는 자동차와 자전거와 행인이 겹쳐 정신이 없을 정도로 혼잡했으며, 곳곳에서 고함과 클랙슨 소리가 들렸다. 급기야 어디가 자전거도로이고 어디가 보행자도로인지도 분간하지 못한 채 갈팡질팡 걷다가,

달려오던 자전거 운전자가 알아듣지 못하는 언어로 욕을 내지르며 나를 강하게 밀쳐낸 순간, 나는 균형을 잃고 넘어져 돌바닥 위에 굴렀다. 알고 보니 내가 자전거도로 위로 걷고 있던 거였다. 내 잘못이 분명했지만 당시 나는 어딘지 억울하고 서러운 이방인의 기분을 느꼈고, 시간을 아껴 도시를 둘러보려던 마음을 깨끗이 접게 됐다.

역으로 되돌아가는 길에 나는 가판대에서 엽서를 몇 장 산 뒤 무작정 눈에 보이는 카페로 들어갔다. 에스프레소를 한 잔 시키고 손바닥을 살펴보니 왼쪽 손날 아래쪽에 상처가 길게 나 있었다. 넘어지며 돌바닥에 쓸은 찰과상인 듯했는데 따끔거리고 쓰라린 통증이 느껴졌다. 냅킨을 물에 적셔 감싸고 있으니 그나마 조금 진정이 되는 것 같았다. 지금이라면 구글과 네이버, 인공지능을 오가며 '돌바닥에 넘어진 상처' '암스테르담역 약국' 같은 키워드로 열심히 검색을 했겠지만 1999년의 나에게는 스마트폰은커녕 아무것도 없었다. 나는 그저 주의를 돌릴 뭔가가 필요했고, 창밖의 풍경은 그러기엔 충분치 않았다. 에스프레소를 홀짝이며 나는 가방에서 노트를 꺼내 오른손으로 쓰기 시작했다.

　암스테르담역은 흐렸다.

　수는 회백색 구름으로 덮인 하늘을 잠시 올려다보고는 바닥에 내려놓았던 배낭을 다시 어깨에 짊어졌다. 금방이라도 비가 내릴 것 같은 날씨였다. 그녀는 드문드문 모인 여행객 틈을 빠져나와 역 안 패스트푸드점으로 향했다. 낯익은 붉은 간판이 눈에 들어왔다.

　That burger set, please.

　Need some ketchup?

　No.

　5.9 gilder, total.

　수는 지갑을 꺼내 10길더짜리 지폐를 건넸다. 주문을 받은 흑인 종업원이 능숙하게 거스름돈과 영수증을 돌려주고는 음식이 담긴 접시를 내밀었다. 한국에서 늘 보아오던 햄버거는 여기서도 같은 냄새를 풍겼다. 포장지를 벗기고 햄버거를 한 입 깨물며 그녀는 워크맨의 플레이 버튼을 눌렀다.

진은 엽서를 고르고 있었다.

역 입구 오른쪽에는 조그마한 서점이 자리했다. 서점 바깥에는 투명한 유리 너머로 여러 종류의 잡지들이 진열되어 있었고, 안쪽으로 보이는 계산대에서는 환한 불빛과 차례를 기다리는 사람들의 무심한 눈길과 바코드를 읽는 기계음이 삼중주처럼 흘러나왔다. 서점 앞에는 엽서와 카드를 꽂아놓은 회전식 진열대가 몇 개 놓여 있었는데 어떤 것은 녹이 슬어 잘 돌아가지 않았다.

엽서는 이마에서 무릎 사이 높이에 진열되어 있었다. 대부분은 풍차나 꽃, 네덜란드의 자연 풍광 따위를 소재로 삼은 것들이었다. 그가 아래쪽에 놓인 엽서를 보기 위해 몸을 굽히자 주머니에서 2길더와 1길더짜리 동전들이 부딪쳐 짤랑거렸다.

자세를 낮춰 그가 꺼내든 엽서는 가로세로가 4:3 비율인 보통 엽서보다 가로만 두 배 정도 더 긴 직사각형 모양의 엽서였다. 붉게 물든 저녁 하늘 속에 반쯤 몸을 감춘 해와 해를 향해 흐르는 강, 그리고 검은 그림자로 강변에 늘어선 수많은 풍차. 비슷비슷한 엽서들 틈에서 그는 그것을 집어 들었다. 엽서의 가격은 2길더였다.

　지금 다시 읽으면 너무나도 조악한 이 소설의 도입부를, 나는 몇 번이나 고치려다가 결국 그만둔다. 예를 들어 이 소설의 첫 문장은 '암스테르담역은 흐렸다'라는 단순한 배경 설명으로 시작하는데, 이것은 대표적인 게으른 묘사이자 텔링이며 (소설에서 기피하는) 추상적이고 일반적인 제너럴 센텐스에 불과하다. 작업실의 작가에게 도움이 될지는 몰라도 독자가 암스테르담역을 그려보는 데는 별 도움을 주지 못한다. 그러나 동시에 이런 문장들을 고치고 솎아낼수록 25년 전 내가 썼던 원래의 소설과는 멀어진다는 것을 나는 인정할 수

밖에 없다. 부끄러운 정직과 조금 덜 부끄러운 거
짓 중에 나는 전자를 선택하기로 한다.

DAY 5

암스테르담—프라하

18

캐리어를 들고 10시 30분발 기차에 오른 것은 10시 15분경이었다. 처음 타는 야간열차라 가벼운 흥분과 긴장이 느껴졌는데, 그것 때문인지 아니면 습기 탓인지 짐 가방 손잡이를 쥔 손이 축축했다. 기차표에 적힌 호실로 들어가 보니 거기엔 늙수그레한 사내가 맥주 캔을 쥐고 앉아 있었다. 나는 가볍게 묵례를 하고 짐을 실은 다음 자리에 앉았다. 6인실은 생각보다 더 좁았고 낯선 이와 밤새 이렇게 마주 앉아 국경을 넘어야 한다고 생각하니 막막한 기분이 들었다. 그제야 아까 다른 일행들이 한데 모여 4인실이나 6인실을 예약할 때 거기 섞이지 않았던 것이 후회됐다. 한국인들은 꼭 저렇게 우르르 몰려다니려고 한단 말이야. 여행은 혼자서 하는 건데. 그때 그 마음은 진심이었다. 그러나 정작 혼자가 되자 내 바람은 이제 아무도 이 객실에 더 들어오지 않는 것뿐이었고 그 역시 진심이 아니라고는 말할 수는 없었다. 출발 시각을 몇 분 넘겨 열차가 천천히 움직이기 시작했다.

누군가 문을 열고 들어온 것은 출발한 지 한참이 지나서였다. 고개를 숙이며 들어선 여자의 첫인상은 하얗다는 것이었다. 'PRAGUE'라고 크게 적힌 흰색 프린트 티를 입고 녹색 배낭을 멘 채 검고 긴 머리를 포니테일로 묶은 여자. 나는 그녀가 한국 사람일 거라고 짐작했다.

"익스큐즈 미."

자기 몸만 한 은색 캐리어를 밀고 들어오며 여자는 고개를 숙였다. 나는 가방이 잘 들어올 수 있도록 모서리를 약간 붙잡아 안으로 당겨주었는데, 눈이 마주치자 여자는 물었다.

"혹시 한국 분이세요?"

내가 고개를 끄덕이자 여자는 빠르게 말을 이

었다.

"이것 좀 올려주세요."

시체가 들어 있는 것처럼 무거운 여자의 캐리어를 선반 위로 올리는 일은 둘이 함께 했음에도 쉽지 않았다. 겨우 성공하고 나니 땀샘이 다 열린 것처럼 반소매 셔츠에 땀이 흥건했다. 여자는 고맙다고 말하며 통성명을 했다. 그녀의 이름은 전수진이었다.

"객실을 잘못 들어가 있었어요. 아까 전 역에서 새로 탄 사람들이 있었는데, 저보고 여기 아니라고 나가라 해서요."

"깐깐한 사람들이네요."

"뭐, 제 잘못이긴 하죠."

우리가 대화를 나누자 앞자리 노인이 반색하며 말을 걸었다. 그는 독일 출신으로, 우리가 한국에서 여행 온 대학생이라는 사실에 큰 관심을 드러냈다. 이름은 프란츠였는데, 내가 신입생 시절 교양 수업 '독일 명작의 이해'에서 배운 프란츠 카프카에 대한 이야기를 꺼내자 흥분하면서 유창하지 않은 영어로 카프카가 얼마나 위대한 작가인지에 대해 일장 연설을 늘어놓았다. 그는 전수진을 가리키며 말했다. 네 티셔츠에 적힌 글자를 봐. **바로 거기가 카프카의 고향이야. 카프카는 체코어로 까마귀지.** 처음엔 그의 말에 귀를 기울이던 우리도 밤이 깊어지면서 버티지 못하고 졸기 시작했다. 전수진이 먼저 조용해졌고 나는 조금 더 그의 말을 경청했다. 프란츠는 목이 말랐는지 계속 새로운 맥주 캔을 따서 마시며 이야기를 이어갔다. 영어인지 독일어인지 잘 구분되지 않는 그의 목소리가 자꾸만 저쪽으로 멀어진다고 느낄 때쯤 잠이 들었다.

한참 뒤 잠이 깬 건 누군가 내 손을 마구 때리고 있었기 때문이었다. 처음엔 꿈인 줄 알았는데, 깨어보니 정말로 내가 맞고 있었다. 때리는 세기가 점차 강해져 나중에는 아파서 견디기 어려울 정도였다. 눈을 뜨자 내 앞에 붉게 충혈된 눈을 한 프란츠가 앉아 있었다.

"기브 마이 월렛 백."

무슨 말인지 알아들을 수가 없었다. 지갑? 지갑을 달라니?

"왓?"

"기브 마이 월렛 백. 유 띠프!"

술 냄새가 확 풍겼다. 프란츠의 눈동자는 붉어지다 못해 거의 흰자를 찾아볼 수 없었다. 이 사람은 왜 자기 지갑을 나에게서 찾지? 어느새 손등은 벌겋게 달아올랐고 나는 정신을 차려야겠다고 생각했다. 잠이 덜 깬 머리로 가능한 모든 상황을 헤아려보았지만 답은 나오지 않았다. 내가 정말로 이 사람 지갑을 훔쳤나? 언제? 어떻게? 대체 왜?

네가 가져간 거 다 알고 있어. 내 지갑을 내놔. 이 쥐새끼 같은 놈.

프란츠는 반복해서 말했다. 어떻게 해야 할지 난감했다. 차장을 불러와야 하나? 설득해야 하나? 나를 때린 건 분명한 사실이고 폭력인데, 나도 똑같이 응수해야 하나? 전수진은 이 소란 속에서도 창가에 머리를 기댄 채 계속 자고 있었다. 갑자기 객실 안의 공기가 탁하게 느껴졌다. 토할 것처럼 속이 메스껍고 머리가 어지러웠다.

"파인드 잇."

나는 그가 때리던 손 아래, 그러니까 내 무릎 위

에 놓여 있던 가방을 그에게 내밀었다. 찾아봐. 당신 지갑이 있는지 찾아보라고. 나도 그의 눈을 똑바로 바라보며 반복해서 말했다. 이건 예상하지 못했는지 프란츠는 잠시 멍한 표정을 지으며 나와 메신저백을 번갈아 바라보았다. 그는 가방 여기저기를 뒤적이며 어디를 어떻게 열어야 할지 망설이더니, 별안간 자신 옆에 놓여 있던 서류 가방을 챙겨 일어섰다. 그리고 헛기침을 몇 번 한 뒤에 문을 열고 복도로 나가 열차 뒤쪽으로 비틀거리며 걸어갔다.

그의 모습이 다음 객차 속으로 완전히 사라진 것을 확인하자 다리에 힘이 풀리고 등 뒤로 몇 줄기 식은땀이 흘렀다. 나는 문을 걸어 잠그고 나서 자리에 털썩 주저앉았고 그때 전수진이 눈을 떴다.

"무슨 일이에요?"

답하고 싶었지만 말할 기운이 없었다. 프란츠가 앉아 있던 자리에는 지퍼가 반쯤 열린 내 가방과 찌그러진 그의 맥주 캔이 덩그러니 놓여 있었다.

19

프라하에 도착했을 때 나는 기진맥진한 상태였다. 도둑 소동으로 밤새 잠을 제대로 자지 못했기 때문이었다. 중앙역에 내려 시계를 보니 오전 9시 26분이었다. 호텔에 미리 들어가 있을 수도 없는 시간이었다. 같이 내린 전수진은 짧게 손을 흔들며 은색 캐리어와 함께 사라졌다. 일행 중 몇몇 사람들이 다가와 어딘가로 함께 가자고 말했지만 나는 손을 내저었다. 누구와도 같이 다니고 싶지 않았다. 반 시간 정도 벤치에 앉아 멍하니 오가는 인파를 바라보다가 마침내 일어나 가까운 코인 로커에 짐을 넣어두고 밖으로 나섰다.

바츨라프 광장의 KFC에서 배를 채우고(프라하는 내가 갔던 유럽 모든 도시를 통틀어 음식의 양에 있어 가장 후한 느낌이었는데, 심지어는 패스트푸드점마저 그랬다) 블타바강 위를 가로지르는 카를교로 향했다. 거기 소원을 비는 동상이 있어. O는 말했었다. 다리에는 이미 관광객이 몰려 북적거렸고, 어디가 그 동상인지를 찾는 것은 어렵지 않았다. 이미 사람들이 그 앞에 길게 줄을 서 있었으니까. 천천히 줄어드는 줄 속에서 나는 잠시 후 어떤 소원을 빌지를 생각하다가, 더 나아가 O가 어떤 소원을 빌었을지를 상상하다 곧 그 모든 것이 의미 없다는 사실을 알았다. 차례가 되었을 때 눈에 들어온 것은 동상 아래 양쪽으로 새겨진 두 개의 부조였다. 부조는 전체적으로 검은색에 가까웠는데 사람들이 많이 만진 부분만 황금색으로 반질거렸다. 왼쪽에는 개, 오른쪽에는 가운데 앉은 여자와 구석 성벽에서 물속으로 떨어지는 사람. 나는 아무것도 모른 채 그저 남들이 만지는 것을 따라 만졌다. 소원을 빌고 싶었지만 뒷사람이 밀어대는 바람에 아무것도 빌지 못했다.

나중에 알게 된 사실이지만(그리고 너무나 당연한 사실이지만) 여기에는 이야기가 있었다. 14세기 후반 보헤미아의 왕비가 얀 네포무츠키 신부에게 고해성사를 통해 자신의 죄를 털어놓았다. 왕비의 부정을 의심한 왕은 이후 신부를 불러 묻지만, 신부는 자신이 들은 것을 말하지 않았다. **누군가에게 말해야 한다면 전하 곁에 있는 개에게만 말씀드리겠습니다.** 그는 혀가 잘린 채 성 밖 강물로 던져졌고 한 달 뒤 그의 시체는 부패하지 않은 상태로 물 위에 다시 떠올랐다. 신부는 성인이 됐고, 오늘날까지 사람들은 그의 희생을 기억하며 개와 왕비와 신부의 형상을 만진다. 각자의 소원을 빌면서.

그러나 이 이야기는 사실이 아니며, 사연의 바탕이 된 오스트리아의 연대기 작가 토마스 에벤도르퍼의 기록 역시 1961년, 공식적으로 거짓으로 판명된다. 실제 역사에서 신부는 왕과 정치적 갈등을 빚다가 왕에게 직접 불로 고문당한 뒤 석방됐다. 이후 바츨라프 왕은 증거를 감추기 위해 그에게 재갈을 물리고 염소 가죽으로 만든 자루에 넣어 블타바강에 던져 넣었다.

역사는 언제나 사람들이 원하는 것보다 가혹하다. 나는 카를교에 얽힌 이야기를 검색하다가 다음과 같은 전설을 발견하고, 차라리 이쪽이 낫다고 생각했다.

신부가 물에 던져졌을 때 다리의 일부가 동시에 부서졌다. 이를 수리하려는 수많은 시도가 실패로 돌아가자, 마침내 건축업자 중 한 명이 악마와 계약을 맺었다. 악마는 성공적인 수리 작업의 대가로 새로 고친 다리 위를 건너는 첫 번째 존재의 영혼을 자신이 가져가겠다고 말했다. 그날이 되자 건축업자는 다리를 지키는 경비병에게 누구도 다리를 건너지 못하게 하는 대신 수탉 한 마리를 다리 위에 놓아달라고 부탁했다. 그러나 악마는 건축업자의 조수 복장을 하고 그의 아내에게 달려가 남편이 다리에서 사고를 당했다고 말했다. 그녀는 경비병의 만류를 뿌리치고 다리로 날려가고 수탉과 그녀의 영혼은 영원히 악마의 것이 되고 말았다……

.

20

약간의 어지러움 속에서 나는 그 유명하다는 프
라하의 야경을 보기 위해 성 쪽으로 올라갔다. 해
가 조금씩 가라앉고 있었고 모든 것이 안개가 낀
것처럼 뿌옇게 보였다. 어디선가 바람에 희미하게
흙냄새가 실려 왔다. 멀리 카를교가 내려다보이는
성곽에 올라가고 나서야 나는 여기가 카프카의 도
시라는 사실을 떠올렸다. 카프카. 프란츠 카프카.
전날 밤 야간열차에서 다른 프란츠에게 황당한 일
을 당하고도 그 이름을 떠올리지 못하다니. 뿌연
건 풍경이 아니라 네 머릿속이고, 붉게 저문 건 프
라하가 아니라 네 마음이야. 눈앞의 청록색 수탉

동상은 마치 그렇게 말하는 듯했다.

 그러나 당시 나는 이름 말고는 카프카에 관해 아는 것이 별로 없었기 때문에 생각을 더 진전시킬 수 없었다(신입생 시절 들었던 '독일 명작의 이해' 수업에 나는 성실하게 출석하지 않았고 최종 성적은 C-였다). 그저 어둑해지는 프라하를 지켜보며 땀을 식히거나 여행자들이 흔히 느끼는 얄팍한 감상에 빠질 뿐이었다. 그때 내가 미래의 나를 알 수 있었다면, 몇 년 뒤, 그러니까 여행이 끝나고 학교를 한 학기 더 다니다가 군에 입대하고 다시 제대하여 복학 첫 학기에 재수강했던 두 번째 '독일 명작의 이해' 속 카프카를 떠올렸을 것이다. 수업에서 『변신』과 『소송』을 연달아 읽은 뒤 교수는 자유롭게 주제를 정해 기말 페이퍼를 제출하라고 했다. 나는 작가 연구나 작품 분석 대신 카프카에게 보내는 긴 편지를 썼고, 교수는 자신이 원한 건 이런 게 아니라며 마지막 장에 빨간 글씨로 B-라고 적어 돌려주었다.

친애하는 프란츠 카프카 씨에게,

　당신은 나를 알지 못하겠지만 나는 당신을 알고 있습니다. 아니, 정확히는 당신이 쓴 글들을 알고 있지요. 당신 개인에 대한 몇 가지 정보를 알고 있기는 하지만 그것들은 당신에 '대한' 지식이지 '당신 자신'을 아는 것은 아닙니다. 따라서 나는 당신을 안다고도 할 수 있고 모른다고도 할 수 있겠습니다. 그것은 매우 모호한 일이지요. 나는 당신과 내가 이러한 사소하고 쓸데없는 문제들로—누가 누구를 정말로 아는가 혹은 모르는가에 대하여— 불필요한 법률 소송에 휘말리지 않기를 바랍니다. 말하자면 나는 그저 당신의 글을 몇 번 읽은 적이 있는, 당신에 관해 조금 알고 있다고 생각하는, 당신과는 전혀 무관한 타인일 뿐이니까 말입니다.

　내가 사는 곳은 당신이 태어나고 자란 프라하와는 아주 멀리 떨어져 있습니다. 지구 반대편이라고 부를 수도 있을 테지요. 여기서 당신의 이름을 듣는 일은 그리 어렵지 않습니다. 서점 한 귀퉁이에서나, 대학의 열띤 강의실에서, 영화의 엔딩 크레디트

나, 컴퓨터 모니터의 자료 속에서, 당신의 이름은 종종 발견되곤 하니까요. 사람들은 입술을 벌렸다가, 잠시 오므렸다가, 다시 벌리며 당신의 이름, 카프카를 발음합니다. 그들에게 당신의 이름은 까마귀이거나, 미로이거나, 지루함이거나, 두려움이거나, 무관심입니다. 어떤 사람들은 당신의 소설이 재미없다고 하고, 어떤 사람들은 최고라고 합니다. 어떤 사람들은 당신에게 호감을 느끼고, 어떤 사람들은 당신의 이름을 듣는 것조차 거북스러워합니다. 재미가 있거나 없다는 것, 좋아하거나 싫어하는 것은 매우 모호한 일입니다. 아무도 그러한 문제에 대해 분명한 심판을 내려주거나 하지는 않습니다. 이 세상에 아직 신이 있다면 분명 그분은 내성적이거나 과묵한 분일 것입니다.

몇 해 전 당신이 사는 도시에 가본 일이 있습니다. 네덜란드의 암스테르담에서 프라하로 건너가는 야간열차에서 나는 쉽게 잠을 이루지 못했지요. 열차는 너무 비좁았고 나는 가장 형편없는 삼등석을 타고 있었습니다. 날씨가 더워서 땀을 많이 흘렸던 것으로 기억합니다. 총을 든 군인들이 와서 여권을 검

사했고 제복을 입은 차장이 기차표를 확인했습니다. 잠에 들려고 할 때마다 누군가 객실 문을 크게 두드리며 지나갔습니다. 무언가 맞지 않는 듯한 기분이 떠나지 않았고 아무 이유 없이 불안했습니다. 뜬눈으로 밤을 새워 프라하에 내리자 집시 아이들이 달려들어 돈을 뺏어 가려 했습니다. 지나가는 행인의 도움이 아니었다면 나는 나도 모르는 사이에 지갑을 도둑맞을 뻔했던 것입니다. 그곳에 머무는 이틀 동안 나는 어서 이 도시를 떠나고 싶은 마음뿐이었습니다. 카를교에서 바라본 눈이 부시게 아름다운 야경에도 불구하고 말이지요. 당신을 알았더라면 연락이라도 한번 취해볼 것을 그랬다는 아쉬움이 듭니다. 그때까지만 해도 나는 당신을 알지 못했으니까요. 당신의 이름은 들은 적이 있었지만 나는 그 박제된 도시와 당신 사이에 어떠한 필연적인 연관성 따위가 존재하고 있을 거라고는 짐작지 못했습니다. 나에게 프라하는 어느 영화의 제목에 등장하는 이름이었고, 1년 전 나의 옛 연인이 머물렀던 흔적을 담은 도시였으며, 여행 중에 만난 가장 낯설고 불안한 공간일 뿐이었습니다.

당신의 소설들을 읽고 있노라면 그런 프라하의 모습이 떠오릅니다. 어디론가 정처 없이 흘러가는 침침한 강물과 표정 없는 사람들, 오래된 집들과 불규칙한 도로들. 만약 불가해한 삶의 공간이 실재한다면 그곳은 프라하를 닮지 않았을까 하는 생각이 들 정도입니다. 불안과 공포, 과거와 음울의 불온한 공기를 마시며 그곳에서 당신은 글을 썼겠지요. 혹 지금도 쓰고 있는지 모르겠습니다. 당신에게 있어 미로란 삶이요, 삶이란 미로가 아니었던가요. 도시는 당신을 닮았고 당신은 도시를 닮았습니다. 나는 프라하에서, 그리고 프란츠 카프카 속에서 길을 잃은 것만 같은 기분입니다.

"나는 항상 전달할 수 없는 것을 전달하고 설명할 수 없는 것을 설명하고자 애쓴다. 그리고, 나는 뼛속에 지니고 있고, 이 뼛속에서만 체험할 수 있는 것을 이야기하고자 애쓴다"라고 당신은 말한 적이 있습니다. 전달할 수 없는 것을 전달하고 설명할 수 없는 것을 설명하고자 노력한다는 것은 역시 매우 모호한 일이 아닐 수 없습니다. 이를테면 그것은 미로를 헤매는 것과 같은 일이니까요. 뼛속에 지니고 있고, 뼛

속에서만 체험할 수 있는 것을 이야기한다는 말도 같은 맥락에서 해석할 수 있을 겁니다. 우리가 저마다 얽히고설킨 창자를 몸속에 하나씩 가지고 있듯, 존재의 미로 역시 우리 내부에 먼저 존재하는 것이니까요. 가장 완벽한 미로는 출구가 없는 미로가 아니라 어디든 출구가 될 수 있는 미로입니다. 가장 완벽한 문제는 풀리지 않는 것이 아니라 무엇이든 답이 될 수 있는 문제입니다. 문학이란 가장 완벽한 미로이자 가장 완벽한 문제입니다. 당신이 문학을 선택한 것은 어쩌면 그런 이유에서일지 모르겠습니다.

이곳 날씨는 어느새 겨울을 닮아가고 있습니다. 당신이 있는 프라하는 어떨지 모르겠군요. 부디 건강하시기를 바랍니다. 당신과 내 앞에 주어진 삶의 미로를 헤쳐 나가기 위해서는 무엇보다 건강한 육체와 온전한 정신이 필요할 테니까요. 조만간 다시 한번 프라하로 여행을 떠날 생각입니다. 그때는 우리 바츨라프 광장의 노천카페에서 시나몬을 듬뿍 얹은 아인슈페너 한 잔을 함께 하는 것도 나쁘지 않을 듯합니다. 안녕히 계십시오.

21

카프카에게 (끝내 이어지지 못한) 연인 펠리체가 있었다면 나에겐 O가 있었다. 우리는 고등학교에서 만났고 1학년 겨울부터 졸업할 때까지 사귀었다. 우리의 연애는 말 그대로 플라토닉이어서, 사귀는 내내 나는 그녀의 손 한 번 잡지 않았다. 여자친구가 되기 전 아내에게 O와 나의 연애사를 자세히 설명한 적이 있었는데, 그때 아내는 말했었다.

"두 사람은 그냥 친구로 사귄 거네. 애인이 아니라."

하지만 아내가 모르는 것도 있다.

이를테면 1996년 12월 25일에 나는 O의 자취방에 가서 함께 비디오테이프로 「비포 선라이즈」를 보았다. 성탄절 아침 교회에 다녀와서 마루의 유선 전화기를 들었다 놨다 하던 손끝의 그 찌릿한 감촉이 아직도 기억난다. 나는 결국 O에게 전화를 걸었고 그녀는 별다른 일 없이 오늘은 집에서 영화를 볼 계획이라고 했다. 그때 집을 나서면서 나는 베이지색 더플코트를 입었었나? 버스와 지하철, 택시 중에서 어떤 것을 탔던가? 파리바게뜨에서 딸기 생크림 케이크를 사 들고 갔던가? 디테일은 기억나지 않는다. 기억나는 것은 오직 낡은 골드스타 CRT 텔레비전 속 에단 호크와 줄리 델피가 싱그럽고 눈부셨다는 것뿐.

영화가 끝나고 나서 O는 조금 울었다. 나는 어설프게 그녀를 감싸주려다가 그만 머리를 가볍게 부딪혔다. 바보 같은 짓이었다. 울다가 웃는, 아프면서 우스운 이상한 상황에서 서로 눈이 마주치자 잠깐 세상이 멈췄고 몇 초 후에는 입을 맞추고 있었다. 키스는 아니었다. 정확히 말하자면 그녀의 입술과 내 입술이 아주 살짝 닿아 있었다. 심장이 터질 것처럼 뛰었고 온몸의 피가 일제히 소리를 지르는 것 같았다. **지금! 지금! 지금!** 나는 천천히 입술을 떼어 그녀의 얼굴을 바라보았다. 그녀의 코에서 나오는 숨이 내 코끝을 간지럽혔다.

"우리도 언젠가,"

나는 정신을 잃지 않기 위해 안간힘을 쓰며 말했다.

"빈에 가자."

O가 고개를 끄덕였다. 우리는 밖으로 나와 지하철역 근처의 KFC에서 치킨과 비스킷, 감자튀김을 나누어 먹고 헤어졌다. 여전히 손은 잡지 않았다.

22

프라하성에서 내려와 숙소로 돌아오는 길에 나는 지하철을 탔다. 역 창구에서 표를 사고 있는데 마침 같은 호텔로 돌아가는 일행과 마주쳤다. 부산 형들이었다.

"어이, 댄디 뽀이!"

나는 불쾌했지만 애써 웃음을 지으며 그들과 함께 승강장으로 내려갔다. 작은 회전문처럼 돌아가는 개찰구가 특이했다. 형들 중 두 사람이 재미있는 걸 보여주겠다며 함께 들어가 돌았다.

"봤제? 원 쁘라스 원이다 이게."

지하철에서 형들은 오늘 하루 그들이 먹고 마신

것에 대해 말하며 웃고 떠들었다. 형들 중 하나는 맥주를 마시러 유럽에 왔다고 했다.

"체코 맥주가 진짜 쥑이드라. 기대 한 개도 안 했는데."

다른 형은 체코의 저렴한 물가와 음식을 찬양했다. 색안경 형은 체코 여성들의 아름다움에 대해 경탄했다. 나는 카프카 이야기를 하려다가 말았다. 대신 그들의 목소리가 너무 커서 자주 주위를 둘러보았다. 어떤 역에서 한 무리가 우르르 올라타는 바람에 두 정거장 정도는 출근 시간의 서울 지하철처럼 숨 막히는 시간을 보내야 했다. 마침내 호텔 근처의 역에서 내렸을 때, 맥주 형이 소리를 질렀다.

"이 뭐꼬?"

형이 대각선으로 메고 있던 크로스백 표면에 날카로운 줄이 나 있었다.

"딱 보니 칼로 그은 긴데."

색안경 형이 가방을 만지며 말했다. 갑자기 다들 자신들의 가방을 살펴보았고 나를 제외한 모든 이의 가방에 금이 가 있었다. 물가 형이 뭔가 깨달았다는 듯 박수를 쳤다.

"아까 금마들!"

나는 단 두 정거장을 지나는 동안 우리를 둘러싸고 있다가 우리보다 한 정거장 먼저 내린 일행을 떠올렸다. 옷을 치렁치렁하게 늘어뜨린 남녀 대여섯 명이었다. 눈이 마주치자 그중 한 여자가 씩 웃었고 나 역시 어색하게 눈으로 웃어 보였던 순간도. 호텔 로비에서 형들은 털린 돈을 계산하느라 한참을 지체했다. 나는 오늘 밤 어딘가에서 좋은 것을 먹고 마실 그들을 상상했다.

DAY 7

잘츠부르크

프라하에서 이틀을 보내고 잘츠부르크에 도착했을 때 내가 가장 먼저 한 일은 「사운드 오브 뮤직」 투어를 신청하는 거였다. 지금 생각하면 왜 신청했는지 잘 모르겠다. 어렸을 적 그 영화를 감명 깊게 봤기 때문일까? 「도레미 송」을 동네 피아노 학원 발표회에서 친 적이 있기 때문에? 아니면 마리아와 폰 트랩 대령 사이의 러브 스토리가 좋아서? 돌이켜보면 투어를 신청할 필요까진 없었다. 기차에서 내린 다른 일행들 생각도 마찬가지였는지 투어에 참여한 사람은 나와 E뿐이었다.

역에서 반 시간쯤 기다리니 스타렉스 크기의 승

합차가 다가왔다. 조수석에서 젊은 오스트리아 청년이 내렸는데, 그는 자신이 오늘 투어의 가이드라고 했다. E와 나, 두 사람을 태운 승합차는 다른 장소로 이동해 나머지 손님을 태웠고, 그들 대부분은 피케 티셔츠에 치노 반바지를 입은 미국인들이었다. 투어객 전원을 태우자마자 차에서 「사운드 오브 뮤직」의 「도레미 송」이 흘러나왔고 미국인들이 큰 목소리로 따라 불렀다. 나도 아는 노래였지만 그들의 목소리가 너무 크고 선명해서, 왠지 끼어들면 안 될 것 같았다. 도, 어 디어, 어 피메일 디어, 레, 어 드롭 어 골든 선, 미, 어 네임, 아이콜 마이 셀프…….

투어는 영화 속 유명한 장면에 등장하는 장소를 순서대로 쭉 돌아보는 식이었다. 그날 내내 가벼운 비가 내린 탓에 차에서 내릴 때마다 우산이나 우비를 써야 했다. 원래 가이드가 따라다니며 자세한 설명을 해주어야 했지만 미국인들은 도착하기도 전에 벌써 흥분한 상태로 자기들끼리 해당 장소가 나오는 영화 속 장면에 관해 떠들기 시작했다. 가이드는 몇 마디 하다가 그만두기 일쑤였다. 그는 자신을 20대 대학생이라고 소개했는데, 말 많은 미국인들 탓인지 아니면 아무래도 나이대가 우리 쪽에 더 맞았기 때문인지 주로 우리 옆에서 말을 걸었다.

"한국에서 왔다고 했지? 북쪽? 남쪽?"

어이없는 질문에 남쪽이라고 답하자 그는 한술 더 떴다.

"그럼 자유롭게 여행할 수 있어?"

E는 오브 콜스 위 캔! 이라고 말하며 가이드를 어깨로 약간 밀었다. 그는 당황했는지 멋쩍은 미소를 지었다. 당연하단 듯이 이야기했지만 사실 당시보다 10여 년만 거슬러 올라가도 해외여행은 자유롭지 않았다. 정부가 여행 자유화를 전면적으로 내건 때는 서울올림픽 대회가 끝난 1989년부터였으니까. 물론 1999년이라고 해서 모든 게 자유로운 건 아니었다. 나는 내가 이 여행을 오기 위해 해야 했던 일들을 떠올렸다.

1. 딱 한 번만 쓸 수 있는 단수여권 만들기(일회용)

2. 국외여행 신고서 작성

3. 다니는 대학 총장 명의의 해외여행 추천서 받기

4. 재산세 3만 원 이상을 내는 성인 보증자 2명의 서명을 포함한 귀국보증서 작성(대상자 미귀국 시 보증자 벌금 5,000만 원)

말하자면 나는 국가가 보기에 도망칠 소지가 다분한 미래의 (잠재적) 죄인이자 국가 소유의 (예비) 노예인 셈이었다.

투어의 마지막 코스였던 에메랄드빛 호수를 내려다보며 가이드는 물었다.

"그럼 오스트리아 말고 다른 나라도 가는 거야?"

"당연하지."

E의 답에 내가 거들었다.

"3주 동안 유럽 10개 나라를 도는 거야. 시계 방향으로."

그때 그의 얼굴은 마치 내가 북한에서 온 테러리스트라고 고백하기라도 한 것 같은 표정을 하고 있었다. 그는 승합차로 돌아가며 몇 번이나 고개를 저었다.

"대체 왜 그런 짓을 해?"

DAY 10

빈

24

뮌헨과 퓌센에서 이틀을 보내고 빈으로 향하는 야간열차에서 나는 문득 가이드의 말을 떠올렸고, 그의 말이 틀리지 않았다고 생각했다. 일정표에 따르면 우리는 이후 베네치아에 도착할 때까지 이틀 연속 야간열차를 타야 했다.

"이게 뭔 호텔팩이고, 야간열차팩이지."

컴파트먼트 문을 닫기 전에 복도 통로에서 익숙한 목소리의 불평이 들렸고, 나는 그게 색안경 형의 입에서 나왔다는 것을 알고 쓰게 웃었다. 지난 열차에서 한번 호되게 당한 이후 이번에는 같은 일행끼리 여섯 명씩 묶어서 객실을 채웠다. 지금 생각해보면 요금 차이도 크지 않은 4인실이나 아니면 돈을 조금 더 쓰더라도 아예 누워서 잘 수 있는 슬리핑 카를 택할 수도 있었을 텐데, 왜 그러지 않았는지 잘 이해가 되지 않는다. 무조건 돈을 아껴야 한다는 생각뿐이었던 걸까? 새로운 (하지만 더 비싼) 도전을 해볼 용기가 없었던 걸까? 몸이 더 편한 것과 젊음과는 아무 관계가 없다는 것을 깨닫기 전이었기 때문일까?

"엠티를 열 번 간다고 생각해요 우리. 대성리나 강촌 말고 유럽에서요."

E가 자기 두 손을 맞잡으며 말했다. 같이 탄 누나들도 웃거나 고개를 끄덕였다. 다들 조금씩 여행에 지쳐가고 있는 것 같았다. 객실에서 희미하게 풍기는 쉰내가 거슬렸다.

빈이 가까워질수록 나는 스스로 점점 더 긴장하는 것을 느꼈다. 일행의 여행 최종 목적지는 여기가 아니지만 내 최종 목적지는 여기나 다름없기 때문이있다. **여기서 모든 것이 끝난다.** 반지를 버리면 그때부터 나는 자유다. 빈은 내 애도 기간이 비로소 끝나는 장소이자, 바야흐로 새로운 삶이 시작되는 장소가 될 예정이었다. 나는 왼쪽 네 번째 손가락에 아직은 굳건하게 끼워져 있는 은반지를 만지작거렸다. 피곤했지만 잠이 오지 않아 조는 둥 마는 둥 하며 새벽을 맞았다. 나에게는 오직 하나의 이미지, 하나의 장소, 하나의 단어뿐이었다.

대관람차.

25

리처드 링클레이터 감독의 1995년 영화 「비포 선라이즈」에서 주인공 제시와 셀리는 프라터 놀이공원의 대관람차에 탑승한다. 창밖으로 멀리 보이는 다뉴브강을 바라보며 서로에게 조금씩 다가가던 남녀는 마침내 바깥이 아닌 서로를 바라본 채로 멈춘다. 그리고 이어지는 짧은 머뭇거림. 긴장. 미소. 눈빛. 여자가 남자 목에 팔을 두르며 말한다. 나한테 키스하고 싶다고 말하려는 거야?

서울을 떠나기 진무디 나는 이 대관람차가 반지를 버리는 장소가 되어야 한다고 생각했다. 1996년 크리스마스에 O와 내가 한 것을 키스라고 부를 수 있는지는 모르겠지만, 그것이 우리의 시작점이라는 사실만은 분명하다. 그렇다면 마침표 역시 분명해야 하고, 그건 O가 준 반지를 버리는 일이어야 했다. **필연적인 질문 : 어디에?** 우습지만 그때 나는 마치 모르도르에 자리한 운명의 산을 찾아가는 프로도처럼 굴었다. **모든 것이 시작된 곳에.** 그곳은 대관람차였고, 빈이었고,「비포 선라이즈」였고, 중곡동의 허름한 자취방이었다. 다만 이 원정대에는 그 어떤 동료도 허락될 수 없었다. 나는 혼자여야만 했다. 일행들과 일부러 시간차를 두고 카페에서 하릴없이 시간을 보내며 때가 되기를 기다렸다. 폐장 30분 전에야 나는 공원에 들어섰다.

혹시라도 한국인 일행이 눈에 띨까봐 걱정했지만 공원을 몇 바퀴 돌아보아도 아는 얼굴은 보이지 않았다. 나는 대관람차 앞에 섰다. 영화에서 봤던 바로 그 모습이었다. 숨이 조금씩 가빠졌다. 차례가 되자 안내원이 손짓으로 관람차 쪽을 가리켰다. 나는 심호흡을 하고 안으로 들어갔다. 사람들이 가득 차 있었다. 이게 뭐지? 생각할 겨를도 없이 밖에서 문이 닫히고 관람차가 천천히 지면 위로 상승하기 시작했다. 나중에서야 나는 관람차의 정원이 열두 명이며, 내가 탔던 관람차에는 이미 단체 관광객 열한 명이 타 있었다는 사실을 알게 됐다. 그러니까 나는 마지막 한 명, 그 관람차를 출발시킬 수 있게 하는 최후의 퍼즐이었던 것이다. 색색의 피케 티셔츠와 치노 반바지를 입은 옷차림을 본 순간 나는 그들이 어디서 왔는지 눈치챘다. 나 빼고는 모두 하나의 일행이었다.

"캔 유 테이크 어 픽쳐 오브 어스?"

관람차가 중간쯤 올라가자 그중 한 미국인이 나에게 조그마한 니콘 카메라를 내밀었다. 머리가 희끗한 중년이었다. 사진을 찍어주었더니 여기저기서 익스큐즈 미, 하며 사람들이 다가왔다. 나는 카메라를 바꿔가며 정신없이 셔터를 눌렀다. 낯선 뷰파인더 속에서 저 멀리 해가 붉게 지고 있었다. 마침내 더 이상 누구도 사진 찍어달라는 요청을 하지 않게 되었을 때, 관람차는 지상에 거의 닿아가는 중이었다. 반지는 여전히 내 손가락 위에 있었다.

나는 내 계획이, 애도가, 이별이, 완전히 실패했

다는 것을 깨달았다. 안내원이 문을 열었고 미국인들이 먼저 하나둘 관람차를 빠져나가기 시작했다. 나는 거기서 주저앉아버리고 싶었다. 그러나 안내원이 다시 나를 바라보며 아웃! 이라고 말했으므로 나는 지상으로 내려올 수밖에 없었다.

전수진을 발견한 건 그때였다.

"어?"

그녀는 막 관람차에서 나온 나를 손가락으로 가리켰다. 어쩌면 그녀가 나를 발견한 것일지도 몰랐다. 나는 자리를 피하고 싶어서, 프로도가 아니라 반지를 훔친 골룸처럼 반대 방향으로 걸음을 재촉했다.

"야간열차, 맞죠?"

그러나 전수진이 내 메신저백 끄트머리를 잡고 나를 멈춰 세웠을 때, 나는 뒤돌아 그녀를 마주 볼 수밖에 없었다. 우리는 같은 회차의 다른 관람차를 타고 내린 모양이었다.

"또 만났네요."

멋쩍은 인사를 나누고 나자 더 이상 할 말이 없었다. 어색한 침묵이 우리 사이의 공기를 드문드문 채웠다. 프라하에 도착한 새벽, 총총 멀어져 가던 그녀의 모습을 떠올리려 애썼지만 벌써 기억이 희미했다. 색색으로 빛나던 놀이공원의 불빛이 하나둘 꺼져가고 있었다. 나는 어느새 긁히고 더러워진 닥터마틴의 검은 앞코를 내려다보았다. 숙소에 가야 할 시간이었다.

"맥주 한잔 하실래요?"

어둠에 잠긴 공원을 바라보며 전수진이 말했다.

26

마르틴 부버는 모든 여행에 여행자가 알지 못하는 비밀한 목적지가 있다고 말했고, 그날 내 비밀 목적지는 전수진과 함께 간 프라터 공원 근처의 카페였다. 동그란 테이블이 놓인 야외 좌석에서 전수진은 맥주를 시켰고 나는 시나몬이 올라간 아인슈페너를 주문했다.

"유럽엔 왜 오신 거예요?"

한 번에 맥주잔을 반쯤 비운 다음, 전수진이 물었다. 나는 잠시 머뭇거리다가 반지 때문에요, 라고 조그맣게 말했다.

"뭐라고요?"

"반지 때문이라고요."

사연을 털어놓자 전수진은 황당하다는 듯한 웃음을 지으며 남은 맥주를 다 마셨다. 그리고 웨이터와 눈을 마주치더니 아직 거품이 흘러내리고 있는 빈 맥주잔을 치켜들었다. 멀리서 웨이터가 엄지를 들어 보였다. 곧 새로운 맥주가 도착했고 전수진은 거침없이 두 번째 잔을 들이켰다. 술은 전수진이 마시고 있는데 내가 취하는 기분이었다.

"그쪽은요?"

"그쪽이요?"

내가 묻자 전수진이 풉, 하고 웃었다. 얼굴 쪽으로 피가 몰리는 게 느껴졌다. 이 사람은 왜 이렇게 사람을 무안하게 할까.

"나는 동생 때문에 왔어요."

전수진이 맥주잔을 들여다보며 말했다. 까마귀가 날개를 드리운 것처럼 그녀의 코 아래가 살짝 어두워졌다.

27

전수진은 나보다 두 살이 많았다. 그녀에게는 동생이 있었는데, 4분 늦게 태어난 이란성 쌍둥이였다. 어릴 때 둘은 티격태격하기도 했지만 청소년기에 들어서면서부터 세상 둘도 없는 친구가 되었고, 성인이 되어 대학에 들어가자 각자의 삶이 생기면서 다시 조금 소원해졌다.

"우린 일부러 다른 중학교에 다녔는데요. 동생이 왕따가 되면서 학교생활을 힘들어했던 적이 있었어요. 아빠가 출장 갔다가 파리에서 사 온 에펠탑 열쇠고리를 가방에 달고 다녔는데, 그게 재수 없다는 소문이 퍼진 거예요. 지가 그렇게 부자야?

유럽 사람이야? 티 내? 돌아보면 아무것도 아닌데, 당시엔 무서웠죠. 또래들의 질투, 오해, 악의, 루머, 낙인. 다행히 한 학기 정도 고생하고 나서 친구들과 오해가 풀렸고, 그다음에는 왕따를 주동했던 아이가 왕따가 되어버렸어요. 흔한 얘기죠. 동생은 버텼지만 그 아이는 결국 전학을 갔고요."

어느새 전수진은 맥주를 석 잔째 마시고 있었다. 나는 그녀가 붙들고 있는 유리잔에 시선을 고정했다. 물방울이 흘러내리는 표면 속에서 작은 기포들이 끊임없이 떠오르고 있었다.

"그때 내가 걔 힘내라고 자주 했던 말이 있거든요. 나중에 우리 같이 진짜 파리에 가자고. 대학에 가면 첫여름에 둘이 유럽으로 배낭여행을 떠나자고. 그러려면 지금 잘 견뎌야 한다고."

"동생이 잘 버텼네요."

"그땐 그런 줄 알았죠."

전수진은 남은 맥주를 다 들이켜고 다시 손을 들었다. 이번에는 웨이터가 멀리 있어 쉽게 눈을 맞추지 못했다.

"그만 마셔요."

"원래 술 안 마셔요?"

그때까지 나는 술을 마셔본 적이 거의 없었다. 대학 신입생 환영회 때 난생처음 소주를 몇 잔 받아 마셨다가 크게 탈이 난 후로는 더 마실 일이 없었다. 하지만 늘 궁금하기는 했다. 술을 마시는 사람들의 마음이. 취한다는 건 뭘까. 사람들은 왜 정신을 잃고 싶어할까. 술을 찾고 마시고 비우는 일을 통해서만 가닿을 수 있는 진심이란 어떤 것일까. 그건 눈앞의 전수진을 보면서도 마찬가지였다. 저 사람은 어떻게 몇 리터의 맥주를 계속해서 몸 안에 집어넣을 수 있지? 대체 뭘 위해서?

"기회가 별로……"

"여기! 맥주 한 잔 더요!"

웨이터와 시선이 닿았는지 전수진이 내 말을 자르며 소리쳤다. 나는 다시 테이블 위로 눈을 돌렸다. 내 아인슈페너 잔은 이미 오래전에 바닥을 드러내고 있었다.

"근데 걔가 죽어버렸어요. 대학 가서 맞은 첫여름에."

전수진이 네 번째 잔을 받으며 말했다. 나는 손

가락 끝이 약간 차가워지는 것 같았다.

"다들 괜찮다고 생각했는데, 사실 동생은 괜찮지 않았던 거죠. 아무도 몰랐어요. 나도 몰랐으니까. 엄마 아빠가 끝까지 못 보게 해서 나는 시신도 못 봤어요. 높은 곳에서 떨어졌거든요. 에펠탑도 아니고, 그냥 아무 상관도 없는 남의 아파트에서. 장례 치르고, 뒷정리하고, 그다음 몇 년은 멍하니 살았던 것 같아요. 그러다 올해 봄에, 졸업 준비하다가 갑자기 생각이 난 거예요. 아 맞다, 개랑 유럽 여행 가자고 했었지……. 대학 들어가면……."

기억을 가까스로 재구성하고 있는 지금의 나는 어쩌면 전수진의 이야기가 모두 사실인 건 아닐지도 모른다고 생각한다. 거기에는 일부의 사실과 일부의 거짓, 혹은 과장이나 왜곡이나 편집이 들어갔을 수도 있다. 완전히 꾸며낸 이야기일 가능성도 배제할 수 없다. 대부분 그렇듯 우리는 자신의 삶을 서사화하고 그 속에서 특정한 이야기를 만들어내는 행위를 통해 이 무의미한 삶을 어떻게든 견뎌내려고 하니까.

하지만 1999년 여름밤, 빈의 이름 모를 야외 카

페에 앉아 있던 나에게 전수진의 이야기는 **하나의 진실**처럼 느껴졌고, 나는 반지를 버리러 유럽에 온 내 이야기가 상대적으로 몹시 초라하고 부끄럽게 여겨졌다. 그래서였을까? 나는 손을 들고 그때의 나로서는 하지 않을 만한 일을 했다.

"여기 맥주 한 잔 주세요."

28

　전수진의 숙소는 내가 가야 할 곳과 반대 방향이었다. 정류장에서 헤어지기 전에 전수진은 나에게 말했다.

　"내일은 어디로 가?"

　"베네치아요."

　"언제 이동하는데?"

　"이제 역으로 가서 야간열차 타야죠."

　"일정 바꾸면 안 돼? 나랑 빈에 하루만 더 있자. 여기 아직 우리가 못 본……"

　"정해진 대로 해야 해요."

　"정해진 대로?"

"난 호텔팩이거든요. 숙소가 정해져 있어요. 일정과 도시도. 같이 다니는 일행도 있고요."

전수진의 얼굴에 또 한 번 까마귀가 날개를 드리웠다. 호텔팩이 뭐 잘못된 건가? 나는 어딘지 부끄러웠지만 동시에 억울하기도 했다. 이게 뭐 부모 돈으로 편하게 온 것 같아요? 1년 내내 과외해서 모은 돈이라고요. 거기까진 말하지 못했다.

전수진은 숨을 크게 허공으로 내뱉더니 발로 땅을 여러 번 긁었다.

"말도 안 돼. 패키지여행이 무슨 여행이야? 그건 가짜야. 넌 거기서 나와야 해. 정해진 대로 말고 네 마음 내키는 대로 다녀야 한다고. 알아?"

그때 전수진의 트램이 도착했고 나는 대답할 기회도 얻지 못한 채 그대로 남겨졌다. 천천히 멀어져 가는 트램의 노란 미등을 바라보며 나는 잠시 전수진 말대로 빈에 하루 더 머무는 일을 상상했다. 그러나 아까 마신 맥주 때문에 머리가 아팠고 무엇보다 야간열차 출발 시간이 가까워오고 있었다. 나는 몇 개의 트램을 지나쳐 보내고 중앙역으로 가는 마지막 트램에 올라탔다.

DAY 11

베네치아

29

베네치아에 도착했을 때 나는 완전히 지쳐 있었다. 일단 밤새 열차 안 냉방이 제대로 되지 않아 너무 더운 나머지 땀을 많이 흘렸다. 게다가 (구간별로 예약이 가능한 야간열차도 있었지만) 당시 이탈리아는 유럽 다른 국가들과 전산망이 연결되지 않아 따로 표를 사야 했고, 그 과정에서 열차에 타기도 전부터 진이 빠진 탓도 있었다. 찝찝함을 견디지 못하고 밤늦게 화장실에 갔다. 씻고 싶었지만 당연히 샤워 시설은 없었다. 들고 온 세면도구 파우치 안에는 치약, 칫솔, 그리고 누르면 거품이 나오는 클렌징 폼이 전부였다. 화장실에 있는 건 세면대와 변기뿐이었는데, 변기는 레버를 누르면 아래가 열려 선로가 보이는 구조였고(솔직히 충격적이었다. 이 열차에 탄 모든 승객의 배설물이 그냥 선로 위로 떨어지다니? 이 기차는 말 그대로 똥과 오줌을 배출하면서 유럽 대륙을 가로지르는 것인가?) 세면대의 수전은 레버식이 아니라 페달식이어서 물이 나오게 하려면 발로 계속 철제 페달을 밟아야 했다. 나는 입고 다니던 하늘색 스트라이프 폴로 셔츠를 벗고, 안에 받쳐 입은 (땀에 전) 하얀색 지오다노 티셔츠도 벗었다. 그리고 발을 구르며 세수하면서 클렌징 폼으로 거품을 내 상체만 겨우 씻었다. 일종의 상반신 샤워였다. 그러나 비극적(아마도 남들에게는 희극적)이게도 다 씻고 옷을 입자 다시 아까만큼 땀이 나 있었다. 페달을 너무 오래, 힘들게 밟았기 때문이었다.

베네치아역에 도착했을 때 거기엔 저렴한 가격에 이용할 수 있는 공용 샤워실이 있었다. 말끔하게 샤워를 마치고 나온 E는 젖은 머리를 한 채 내가 입은 하늘색 셔츠가 군데군데 누렇게 변했다고 지적해주었다. 창피했던 나는 눈에 보이는 베네통 매장에 들어가 가장 싼 티셔츠를 사서 갈아입은 뒤, 누런 얼룩이 진 셔츠를 점심을 해결한 맥도날드 매장 쓰레기통에 버렸다.

30

애초에 내가 생각한 베네치아는 곤돌라와 음악이 함께하는 낭만적인 물의 도시였지만, 실제로 도착한 운하는 회색과 녹색이 묘하게 섞인 구정물이었고 물에서는 비릿한 악취가 풍겼다. 산마르코 광장은 지저분한 비둘기와 관광객의 천국이었으며 어딜 가나 소매치기(로 의심되는 사람)들이 주변을 어슬렁거렸다. 베네치아에서 나는 처음으로 이 여행이 버겁다고 느꼈다. 어쩌면 그건 베네치아의 책임이 아닐지도 모른다. 사흘 연속 야간열차에서 잠을 제대로 자지 못했기 때문이었을까? 아니면 입던 옷을 버릴 정도로 지독한 여름 더위 때문이었을까? 혹은 빈에서 마음을 불편하게 만들고 떠나버린 전수진 때문이었을까?

두칼레 궁전을 둘러보다가 나는 그늘로 들어온 후에도 겨드랑이와 등에 계속 나고 있는 땀의 정체가 식은땀이라는 사실을 알아차렸다. 그러고 보니 아까부터 속이 편치 않았다. 점심으로 먹은 햄버거에 문제가 있었나…… 그런 생각을 하며 궁전의 계단을 올라가는데 갑자기 몸이 휘청하더니 눈앞이 보랏빛으로 물들었다. 머리 뒤쪽에 둔중한 통증이 느껴지고 의식이 희미해졌다. **막이 내렸다.** 엉뚱하게도 머리에서 그런 문장이 떠올랐다. 내가 마지막으로 목격한 단어는 희곡에서 자주 보던 것이었다.

암전.

31

어릴 적 어린이용으로 축약된 셰익스피어의 『베니스의 상인』을 읽은 적이 있다. 1990년 3월 2일 일기에 나는 '이 책을 읽으며 여러 가지 것을 느꼈지만 그중에서도 마지막 부분은 나에게 즐거운 감명을 주었다'라고 적었다. 마지막 부분이라면 아마도 친구 바사니오의 결혼을 위해 3천 두카트라는 거액의 보증을 잘못 섰다가 악명 높은 베니스의 유대인 고리대금업자 샤일록에게 살 1파운드를 베어주게 될 위기에 처한 안토니오의 이야기일 것이다. 이 위기를 타개하기 위해 바사니오의 약혼녀 포셔는 재판장으로 변장하여(셰익스피어 당시, 무대 위에는 여성이 올라갈 수 없었으므로 아마도 이 남자 배우는 여장을 먼저 하고 다시 남장을 했을 것이다) 그 유명한 '살을 잘라내기는 하되 피를 흘리게 해서는 안 된다'는 판결을 내린다. 샤일록은 이에 항변하지만 설상가상으로 재판장은 하나의 조건을 덧붙인다. '그리고 잘라낸 살은 정확히 1파운드여야 한다.'

국민학교 5학년이던 나는 이 판결을 보고 '속이 후련하다'고 썼지만, 지금 나에게는 유럽의 유서 깊은 반유대주의에 대한 비판으로 읽히는 샤일록의 대사가 더 마음에 남는다.

"유대인에게는 눈이 없습니까? 유대인에게는 손도, 내장도, 몸뚱이도, 감각도, 감정도, 열정도 없습니까? 기독교인과 같은 음식을 먹고, 같은 무기에 다치고, 같은 질병에 걸리고, 같은 방법으로 치유되고, 같은 겨울과 여름에 춥고 덥지 않습니까? 우리를 찌르면 우리는 피를 흘리지 않습니까?"

하지만 조금만 생각해보면 이것은 당연한 일이다. 1990년의 나와 1999년의 나 사이의 거리보다는 1999년의 나와 지금, 2024년의 나 사이의 거리가 훨씬 멀다…….

32

눈을 떴을 때 나는 호텔 방에 누워 있었다. **이제 정신 좀 드나?** 익숙한 억양과 목소리. 색안경 형이 었다. 반쯤 벌어진 입술로 뭔가를 말해보려고 했지만 내 시도는 언어까지 가닿지 못하고 신음의 형태로 빠져나갔다. 다시 누군가가 입술 끝에 물을 흘려주었고, 10여 분이 지나고 나서야 겨우 말다운 말을 할 수 있었다.

"어떻게……."

"가만있어라."

부산 형 두 명이 내 침대 근처에 앉아 있었다. 색안경 형, 그리고 맥주 형……. 맥주 형이 내 상황을 설명해주었다.

"니 계단에서 떨어져가 두세 바퀴쯤 굴렀나. 대가리 안 깨진 게 천만다행이다. 우리가 다 봤는데 찢긴 데도 없고. 마, 아프면 진작 말을 했어야지. 그깟 여행이 뭐 대수라꼬."

빠른 사투리 억양에 귀까지 멍해서 알아듣기 어려운 부분이 많았지만 나는 무슨 말인지 다 알 것 같았다. 형 둘이서 나를 번갈아 업고 궁전에서부터 호텔까지 달려왔다고 했다. 갑자기 눈시울이 뜨거워져서 하마터면 소리를 지를 뻔했다.

"……고맙습니다."

"됐다. 싸댕길 생각 말고 쉬어라. 좀 이따 누구 올 끼다."

형들은 내 손이 닿는 침대 옆 의자 위에 생수병과 수건을 올려두고 방을 나갔다. 그러고 나는 다시 깜빡 잠이 들었는데, 잠시 후에 인기척이 나더니 누가 들어와서 내 어깨를 가볍게 쳤다.

"이게 뭐야."

E였다.

"미안."

"뭐가 미안한데?"

"민폐 끼치고 있잖아. 다른 사람들한테."

"알면 됐어."

"너는 어떻게 왔어?"

"오빠들이 말해줘서 알았지. 이제 여러 사람들이 들어올 거야. 너 불침번 서기로 했거든."

"불침번?"

1999년 여름의 나는 군대에 관해 아무것도 몰랐으므로 불침번의 뜻을 되물었다. 불침번만 모르는 것은 아니었다. 같은 해 가을, 나는 내가 곧 토익 성적순에서 뺑뺑이라 불리는 추첨제로 바뀐 카투사 선발 과정에 떨어지며 잠시 낙담했다가 다음 해인 2000년 여름 공군에 자원입대해 진주의 훈련소로 들어간 뒤 이후 30개월 동안 군 생활을 하다가 병장 11호봉이 되는 2003년 2월에 제대한다는 사실에 관해서도 전혀 모르고 있었다.

"돌아가면서 널 봐준다고. 어떻게 내가 군대용어를 설명해주고 있냐?"

지금 생각하면 E의 설명도 정확한 것은 아니었으나 그때 나는 고개를 주억거리고 말았다.

"암튼 누워 있어. 힘들면 말하지 말고."

33

E 말대로 정말 사람들이 번갈아 내 방에 들어왔다. 베네치아가 그리 넓지 않다고는 하지만 각자 자신의 계획대로 흩어져 여행 중이라는 것을 감안하면 놀라운 일이었다. 나는 고마움과 미안함, 그리고 공통된 어색함을 어쩌지 못하고 나오지 않는 목소리를 억지로 짜내어 그들에게 물었다.

"왜 이 여행을 오게 됐어요?"

짧은 질문이었지만 이 말을 하면 더 이상 다른 말을 하지 않아도 될 정도로 상대방에게서 많은 이야기가 쏟아져 나왔다. 시간이 잘 가는 건 물론이었다. 부산 형들 중에서 맥주 형의 목표는 알고 있었지만 물가 형이 서양 건축과 미술에 관심이 있다는 사실은 몰랐다. 색안경 형은 사람 공부를 하고 싶어서 왔다고 했다.

"지구 반대편에는 대체 어떤 놈들이 살고 있는지 내 직접 봐야겠드라. 이담에 일하고 결혼해가 애 생기고 하면 못 올 거 아이가?"

브뤼헤에서 함께 자전거를 탔던 누나 둘은 모두 서울 출신이었는데, 여대 패션 동아리에서 만나 친해진 사이라고 했다.

"의류 사업이라고 하면 좀 거창하지만, 우린 나중에 같이 옷에 관련된 일을 하고 싶거든. 유럽이 그런 면에서는 앞서 있으니까 여행 겸 답사 겸 해서 온 거야."

룸메이트 형과 여자친구는 이 여행이 일종의 신혼여행 예행연습이라고 했다.

"처음에는 양쪽 집 엄마 아빠가 난리가 났지. 그래서 자유여행 말고 호텔팩으로 하고, 잠을 따로 자는 조건으로 겨우 허락받은 거야."

하지만 나는 여행 내내 종종 그들의 부탁으로 낮 시간에 여러 번 방을 비워준 경험이 있기 때문에 그게 큰 의미가 없는 약속이라는 것 정도는 알았다. 런던에 도착한 다음 날 아침, 이른 향수병에 시달렸던 누나와 그 친구는 광주 출신 취업 준비생이었다.

"우리 둘 다 취업이 돼서 8월부터 출근해야 하거든. 그전에 마지막이라는 생각으로 온 거야. 「비포 선라이즈」 보고 완전 반해가지고. 어, 너도……?"

그날 오후 나는 아무것도 하지 못하고 침대에 누워만 있었지만, 사람들이 들려준 여행 이야기 덕분에 다른 방식의 여행을 몇 차례나 다녀온 것 같은 기분이었다. 그들은 자신의 여행을 말할 때 수줍어하기도 하고 머뭇거리기도 하고 진지하기도 했다. 분명한 건 그들 모두에게서 **어떤 마음**이 느껴졌다는 점이다. 무엇으로도 결코 훼손하거나 왜곡되거나 사라질 수 없는 마음. 그러나 동시에 너무나 연약하고 변하기 쉬우며 홀연히 사라져버리는 마음. 각자의 여행을 시작하게 했고 여전히 지니고 있으며 아마도 여행을 마칠 때는 이전과 같지 않을 마음. 우리가 우리 자신이라고 착각하고 믿으며 바라는 마음.

창밖으로 더는 햇빛이 들어오지 않게 되었을 무렵, E가 한 번 더 들어왔다.

"너 무슨 병 있는 거 아니지?"

그때 나는 나에게 지병이 있고, 병명은 미주신경성 실신이라는 사실을 알지 못했으므로 고개를 가로저었다.

"너는 왜 왔어?"

"보면 몰라? 너 때문에 왔지."

E는 두 손바닥을 위로 펴서 누워 있는 나를 가리켰다. 나는 E가 내 말을 오해했다는 것을 알았다.

"아니, 여행 말야."

"여행?"

E는 잠시 뜸을 들이다가 일어나서 커피포트에 물을 올렸다.

"안 알려줄 거야."

34

그날 밤 룸메이트 형은 방에 돌아오지 않았고 나는 좀처럼 잠을 이루지 못했다. 결국 일어나서 간단한 체조와 스트레칭, 팔굽혀펴기를 한 뒤 형들이 주고 간 컵라면을 먹었다. 허기는 사라졌지만 곧바로 누우면 안 될 것 같아 테이블에 앉았다가 노트를 펴고 전에 쓰던 소설을 이어 썼다. 존재하지 않는 인물과 본 적 없는 장면을 쓴다는 건 마치 어둠 속에서 손을 더듬거리며 길을 찾아가는 일 같았다. 나는 천천히, 서두르지 않고, 때론 눈을 감은 채 조금씩 앞으로 나아가려고 애를 썼다. 이 시간에 야간열차를 타고 있지 않다는 것이, 더 이상 땅이 덜컹거리며 움직이지 않는다는 감각이 낯설게 느껴졌다. 두 사람이 만나는 장면의 마지막 문장까지 쓰고 나니 창밖으로 날이 훤하게 밝아오고 있었다.

35

두세 시간 정도 쓰러져 잔 뒤, 이전까지 머물렀던 호텔들에 비해 형편없는 조식을 먹는 둥 마는 둥 하고 다시 방으로 올라와 소설을 읽어보았다. 그새 룸메이트 형이 돌아와 샤워를 하고 있었다. 쓸 때는 몰랐는데 다시 읽어보니 주인공들의 이름이 눈에 띄었다. 수와 진. 전수진을 생각하면서 쓴 소설은 아니었는데 결과적으로는 그런 셈이 되어버렸다. **어쩌다 이렇게 된 거지? 분명 전수진을 만나기 전에 쓰기 시작했잖아.** 하지만 동시에 이 이야기를 나중에 전수진에게 하면 재미있을 거 같다는 상상을 했다. 내가 쓴 소설 읽어볼래요? 거기

누가 나오는지 봐요. 나는 내가 전수진 생각을 계속 하고 있었다는 것을 깨달았다. 소설에도 수신인이 존재할 수 있을까. 누구를 위해 쓰는 일이 가능한가. 그러다가 생각은 곧 내가 절대로 인정하고 싶지 않은 결론에 이르렀다. **전수진을 한 번 더 만날 수 있을까.**

"니가 생각하는 그런 거 아냐."

화장실 문이 열리고 샤워 가운을 입은 형과 눈이 마주쳤을 때, 형이 수건으로 젖은 머리를 털며 말했다.

"제가 무슨 생각을 하고 있는데요?"

나는 노트를 덮으며 말했다.

DAY 13-18

로마—니스

36

로마와 취리히, 인터라켄과 니스에 이르는 동안
나는 계속해서 전수진을 만났다. 전수진은 아주
다양한 모습으로 나타났다. 콜로세움 앞에서 여행
객을 상대로 엽서를 파는 로마 군인 복장의 근육
질 사내들("아가씨, 천 원이에요, 예쁘다!"라고 어
눌한 한국어로 소리치다가 그냥 지나가버리면 "아
줌마!"라고 부르는 이들. 대체 누가 이들에게 이런
한국어를 가르쳐주었단 말인가?) 뒤로 그녀의 뒷
모습이 언뜻 보인 것 같아 달려가기도 했고, 인터
라켄에서 융프라우요흐를 향해 올라가던 기차가
산 중턱 휴게소에 잠시 멈췄을 때는 선글라스를

낀 어느 동양인 여자의 옆모습이 그녀와 너무 닮아서 말을 걸기도 했다. (저기요, 라고 묻는 순간 중국어가 돌아왔다.) 명품 매장이 즐비한 로마의 콘도티 거리에서는 아르마니 옷을 하나 갖고 싶어 조르지오 아르마니와 엠포리오 아르마니 매장에 들어갔다가 가격표를 보고 눈이 휘둥그레진 채 나왔다. 결국 아르마니 익스체인지 매장에서 50퍼센트 세일하는 (아무도 사지 않아 남은 것 같은) 티셔츠 하나를 사는 것으로 그날 오후를 다 보내고 독수리 그림이 그려진 회색 종이봉투를 소중히 들고 다니면서도 나는 전수진을 생각했다. **넌 거기서 나와야 해.** 하지만 나는 그럴 수가 없었다. 이 회색 봉투를 버릴 자신이 없었다.

여전히 야간열차와 호텔에서 하루씩 번갈아 자는 일정이었지만 나는 소설을 계속 써나갔다. 호텔에서 자는 날 룸메이트 형은 점점 더 자주 방에 들어오지 않았다. 긴 밤을 통과하는 동안 6인실 컴파트먼트 안에서 나는 CD 없는 CD 플레이어의 이어폰을 귀에 꽂았다. 그러면 세상과의 작은 벽이 생겼고, 내 안에서 침묵이 연주되기 시작했다.

그게 내가 틀 안에서 찾아낸 유일한 위안이었다.

　창구에서의 일을 마치고 수와 진은 함께 인포메이션 센터를 빠져나왔다. 수는 10시 40분발 뮌헨행 야간열차를 4인용 쿠셋으로 예약했고, 진은 11시 25분발 브뤼셀행 열차를 6인용 컴파트먼트로 했다. 거의 한 시간을 티켓팅에 허비했지만 그래도 다른 나라에 비하면 비교적 간단하게 예약을 마친 셈이었다.

　혼자 오셨나 봐요?

　역 안으로 걸음을 옮기며 수가 물었다.

　네. 그쪽도?

　거의 그래요.

　거의라니요?

　뮌헨에서 공부하고 있는 친구가 있거든요. 그 앨 만나러 간다는 핑계로 오긴 했지만 사실 같이 여행하는 건 아니니까, 저도 혼자죠.

　그렇군요.

　잠시 침묵이 이어지는 동안 둘의 걸음이 역 안 상가 중앙의 계단에서 멈췄다.

　앉을까요?

두 사람은 좁은 간격을 두고 계단의 3분의 1쯤 되는 지점에 자리를 잡았다. 수는 시계를 들여다보았고, 진은 가방을 매만졌다. 그들은 서로가 서로에게 무슨 말이든 어서 이 침묵을 깰 화제를 꺼내어주기만을 기다리고 있었다.

여행 시작한 지는 얼마나 되셨어요?

몇 번을 머뭇거린 끝에 진이 먼저 말을 꺼냈다. 그는 자신의 말이 입 밖으로 전달되는 소리를 들으며, 몹시 진부한 질문이라고 생각했다.

얼마 안 됐어요. 7월 2일에 런던으로 들어왔으니까, 오늘이 나흘째네요.

할 만해요?

여행이요?

네. 어때요, 힘들어요?

아직까지는 그렇게 힘들거나 하지는 않네요. 약간 피곤하긴 해도 재미도 있고. 근데 그쪽은 여행 시작한 지 꽤 되셨나 봐요?

전 여기가 일곱 번째 나라예요. 프랑스부터 시작해서 반시계 방향으로 돌고 있어요. 한 달쯤 됐나. 이제 벨기에로 넘어가 영국까지 가면 유럽을 거의

다 도는 거죠.

웬만한 곳은 다 가보셨겠어요?

그런 셈이죠. 근데 워낙에 제가 느려서 나라마다 사나흘씩 있지 않으면 보고 싶은 것들 반도 못 보겠더라고요. 여행사로 온 사람들은 하루나 이틀이면 다 보고 가던데.

사실 저도 여행사 통해서 왔어요. 숙소만 예약된 거긴 하지만.

그래요? 숙소 정해져 있으면 편하죠. 새로운 역에 내릴 때마다 숙소 잡는 게 제일 큰 스트레스거든요. 잠잘 곳 걱정 없다는 게 얼마나 좋은 건데요.

그건 그래요. 여긴 언제까지 계시는 거예요?

전 이따 11시 25분 기차로 떠나요. 브뤼셀행.

야간열차겠네요?

그렇죠. 그쪽은요?

저는 10시 40분이에요. 뮌헨으로 가는 거.

비슷비슷하네요. 여기서 특별히 할 일 있으세요?

아뇨. 암스테르담에선 있어봤자 고작 몇 시간뿐이라서…… 아직 생각 안 해봤어요.

그럼 저랑 같이 고민해보실래요? 앞으로 다섯 시

간 동안 뭘 할지.

수가 조그맣게 웃었다. 같이 고민해보자는 남자가 귀엽게 느껴진 탓이었다. 그녀가 자리를 털고 일어나자 진 또한 가방을 챙겨 들었다. 괜한 소리를 한 게 아닌지 걱정했는데 다행이었다.

짐을 먼저 맡기는 게 좋겠는데요.

좋아요. 근데 이름이 뭐예요?

짐 보관소를 향해 걸으며 수가 물었다.

역 한쪽의 코인 로커에 짐을 넣은 뒤, 둘은 바깥으로 걸어 나왔다. 입구 쪽에 다다르자 그곳은 수많은 인파로 혼잡했다. 역으로 들어오면 정면에 보이는 커다란 전광판에서는 시시각각으로 떠나고 도착하는 열차들이 표시되고 있었고, 역 안으로 쏟아져 들어오는 사람들과 역 밖으로 흩어져 나가는 사람들이 쉴 새 없이 어깨를 맞부딪히며 서로의 길을 재촉했다. 입구 양쪽으로 늘어서 있는 가게들에는 물건을 사거나 구경하려는 이들로 가득했고, 앉을 만한 곳에는 어김없이 여행객들이 한 자리씩을 차지하고 앉아 지친 몸을 달래고 있었다.

굉장히 복잡하네요 여긴.

그러게요.

입구 가운데 서서 전광판을 바라보고 있는 몇몇 사이에 어색하게 끼어 선 채로, 수와 진은 어지러울 정도로 한데 엇갈리고 있는 다양한 분주함을 바라보았다.

저쪽은 한국 사람들인가 보죠?

소란스러움 속에서 진은 수가 가리키는 쪽으로 눈을 돌렸다. 거기엔 일행으로 보이는 열 명 남짓의 배낭 여행객들이 둘러서서 떠들썩하게 이야기를 나누고 있었다.

그런 것 같네요. 이즈음엔 워낙 한국 사람들이 많이 다녀서요.

어머, 어떡하죠?

왜요?

눈 마주쳤어요, 저 사람이랑.

수의 말에 진은 다시 아까의 일행에게로 고개를 돌렸다. 일행 중간쯤에 있던 남자 하나가 수와 진이 서 있는 쪽으로 성큼성큼 걸어오기 시작했다.

한국 분들 맞으시죠?

진이 고개를 끄덕였다.

두 분이 일행이세요?

아뇨. 저희는……

뮤지엄 같이 가지 않을래요? 재밌을 텐데.

뮤지엄이요?

네, 섹스 뮤지엄요. 암스테르담에선 그거밖에 볼 게 없어요. 같이 안 갈래요?

진은 수의 눈치를 살폈다. 남자가 대답을 재촉하는 듯한 표정을 짓자, 수는 잠시 진과 눈을 맞추고는 어쩔 줄 몰라 하는 표정을 짓더니 이내 고개를 푹 수그렸다. 그녀는 진을 향해 양손 집게손가락을 엇갈려 작은 엑스 자를 만들어 보였다.

글쎄요, 저희는 아무래도……

웬만하면 같이 가시죠. 사실은 저희가 열 명인데, 이따가 야간열차에서 컴파트먼트 타고 그러려면 두 사람이 더 필요해서 그래요. 한 칸에 여섯 명씩 들어가는 거 아시잖아요. 외국 사람들이랑 같이 타니까 영 불편해서 말이죠. 도난 사고도 신경 쓰이고. 그쪽도 그게 편하지 않겠어요? 뮤지엄 둘러보고 맥주 한 잔 하다가 같이 기차 타시죠. 대신 저희가 저녁은 쏠

게요. 한식으로다가.

남자는 능숙하게 말을 이어나갔다. 시키지 않아도 말을 계속하고, 자신이 두 사람을 설득할 수 있다고 확신하는 듯한 말투는 어딘지 모르게 정치인이나 호객꾼을 연상시켰다. 진은 수가 선 쪽으로 반걸음 정도 움직이며 말했다.

저희는 안네 프랑크 하우스를 가기로 해서요.

그래요? 거기보단 저희 쪽이 재미있을 텐데.

예약까지 해서 어쩔 수 없네요.

뭐, 정 그러시다면 할 수 없죠. 같이 가시는 게 좋을 텐데……. 암튼 그럼 남은 여행 잘하시고요.

그쪽 분들도요.

남자는 빠르게 돌아서서 자기 일행 쪽으로 되돌아갔다. 아쉬워 보이는 뒷모습은 아니었다. 안네 프랑크? 작게 읊조리는 소리가 들리는 것 같았다. 수는 얼굴이 빨개져서 여전히 고개를 들지 못했고, 진은 손가락을 겹쳐 보이던 수의 모습이 생각나 가볍게 소리 내어 웃었다.

갔어요?

네, 이제 고개 들어도 돼요.

우리 정말 안네의 집 가요?

저 뒤에 적힌 거 보고 말한 거예요.

아깐 정말 놀랐어요.

뭐가요?

무섭잖아요, 눈 마주치자마자 이쪽으로 온 게. 안 그래요?

정색하고 되묻는 수의 모습에 진은 그만 다시 한 번 웃을 수밖에 없었다.

나가 보지 않을래요, 우리도?

정면으로 나 있는 입구를 향해 발을 내디디며 그가 말했다.

37

3인칭 전지적 시점에서 결코 해서는 안 되는 것이 두 개 있는데 하나는 '머리 넘나들기'고 다른 하나는 '편집자적 논평'이다. 전자는 한 장면에서 두 사람 이상의 내면을 오가는 것. 후자는 작가가 필요 이상의 주관적 의견으로 서사에 개입하지 않는 것. 그때의 나는…… 그런 규칙을 알 리 없었고 그래서 그냥 썼다. 머리를 마구 넘나들고, 모든 장면에 일일이 개입하면서. 하지만 지금의 나는 어떤가? **소설 밖에서 우리는 언제나 3인칭 전지적 작가가 아닌가?** 다른 사람의 내면에 멋대로 들어가고, 시공간을 초월해 알 수도 없는 것을 아는 척하

고, 오래된 기억과 일어난 일에 따분하고 쓸데없
는 주석을 달면서.

열차에서 이어폰을 끼고 있는 시간이 늘어났다.
밤을 가르며 달리는 열차가 익숙해졌다는 것은 어
느새 윗옷을 대충 벗은 채 세면대 페달을 밟으며
하는 상반신 샤워가 낯설거나 힘들지 않다는 말과
같았다. 스위스 인터라켄에 도착했을 때, 유럽에
서 가장 높은 기차역이 있는 융프라우요흐까지 올
라가기 위해서는 다시 산악 열차를 타야 했다. 기
차라면 이제 멀미가 날 만큼 지겹다고 생각했는데
막상 눈앞에 펼쳐진 풍경은 비현실적으로 아름다
웠다. 마치 프로도가 살던 샤이어를 실제로 보는
것 같았다. 초록 풀과 나무들, 색색의 꽃들, 널찍한
거리를 두고 그림처럼 지어진 집들과 그 위로 가
파르게 솟은 절벽 같은 산봉우리. 능선을 따라 드
문드문 남아 있는 만년설과 눈이 시리도록 푸른
하늘, 습기 없는 맑고 청량한 바람까지. 그사이 전
수진은 조금 흐릿해졌고 나는 올림푸스 카메라를
들어 도무지 다 담기지 않는 아름다움을 작은 뷰
파인더 안에 구겨 담으려고 애썼다.

마침내 도착한 해발 3,454미터 높이의 전망대 문을 열었을 때 나는 약간 충격을 받았다. 압도적인 풍광 때문만은 아니었다. 매콤하고 알싸한, 감칠맛 나는 냄새. 이게 뭐지? 한쪽에 모여 뭔가를 먹고 있는 사람들 앞에 놓인 하얀 용기를 보고서야 그게 뭔지 깨달았다. 신라면이었다.

"와이 씨, 이걸 요래 판다고?"

뒤이어 들어온 부산 형들이 소리쳤다. 먼저 와서 컵라면을 먹고 있던 한국 사람들이 밖에 나가 경치를 보고 온 다음에 먹어야 더 맛있을 거라고 조언해주었다. 우리는 우르르 나가서 만년설을 보고, 스위스 국기 앞에서 사진을 찍고, 자리를 바꿔 서로를 찍어주고, 다시 돌아와 신라면을 사 먹었다.

다른 사람들이 얼음 궁전과 기념품을 구경하는 사이 나는 암스테르담에서 산 엽서를 꺼내 O에게 짧은 편지를 쓰기 시작했다. 누군가 이곳이 세계에서 가장 높은 우체국이며, 여기서 편지를 보내면 'TOP OF EUROPE'이라는 소인을 찍을 수 있다고 했기 때문이었다. 반쯤 잊힌 채 가방 한구석에서 뒹굴고 있는 반지를 만지작거리며, 지금은 기억나지 않는, 아마도 애매한 감정과 숨길 수 없는 미련이 가득한 몇 개의 문장을 쓴 뒤 나는 주소와 이름을 적었다. 그녀의 본가 주소를 누구보다 정확히 외우고 있었지만 그걸 쓰지는 않았다. 대신 이렇게 적었다. **SEOUL, KOREA, 너에게.**

DAY 19

파리

38

　파리로 향하는 야간열차의 화제는 니스에서 내가 바다에 들어가지 않은 일이었다. 그동안은 주로 누나들과 같은 컴파트먼트를 예약해서 타고 다니다가 이번에는 부산 형들과 같은 객실에 타게 되었는데, 형들은 신기한 듯 계속 그 얘기를 했다.

　"니 대체 와 그라는데?"

　"어떻게 그까지 가가 바다에 안 들어가노?"

　"니 진짜 똘갱이 아이가?"

　셋이 돌아가면서 나를 별난 사람 취급하는 바람에 나는 아무 말도 할 수 없었다. 하지만 이제 그들이 싫지는 않았으므로 빙그레 웃고 있기만 했다.

한 사람을 이렇게 몰아가다가도 숙소에 들어가면 컵라면을 나눠주고 뜨거운 물에 햇반을 녹여 건네는 사람들이니까.

니스에서 바다에 들어가지 않은 건 원래 물을 싫어하는 탓이기도 했지만 나에게 중요했던 의식을 치르기 위해서였다. 모두가 수영복으로 갈아입고 물로 뛰어 들어가 시끌벅적하게 놀고 있을 때, 나는 사람이 적은 해변까지 멀리 걸어가 가방에서 반지를 찾아 꺼냈다. 진작에 버려야 했을 반지는 시기를 놓치고 예정했던 장소와 멀어진 채 여기까지 왔다. 더는 물러설 곳이 없었고, 바다라면 그럴듯한 마지막 장소가 되어줄 것 같았다. 바다. 모든 것의 시작이며 끝인 곳. 프로도에게 모르도르의 운명의 산이 있었다면 나에겐 차갑고 푸른 지중해가 있었다. 샌들을 신은 발 앞에서 하얗게 부서지는 파도를 바라보며 나는 반지를 매만졌다. 이걸 건넬 때의 O의 표정과 목소리가 생생하게 떠올랐다. 문득 네 생각이 나서 샀어. 너 은반지 좋아한다고 했잖아?

아니었다. 나는 그렇게 말한 적이 없다.

대신 나는 그때 하지 못한 말을 떠올렸다. **난 반
지를 좋아하는 게 아냐. 널 좋아하는 거지.** 그러자
갑자기 속에서 뭔가가 튕겨 나오듯 솟아올랐고,
나는 수평선을 향해 있는 힘껏 반지를 던졌다. 작
은 은반지는 공기 중에 잠시 먼지처럼 날아올랐다
가 곧 흔적도 없이 에메랄드색 바닷속으로 사라
졌다.

한동안 나는 해변의 자갈 위에 앉아 바다를 바
라보았다. 민트색과 남색이 섞인 끝없는 물결의
흐름을 보고 있자니 바로 전 학기 '러시아 명작의
이해' 수업에서 읽었던 안톤 체호프의 단편 「개를
데리고 다니는 여인」의 한 장면이 떠올랐다. 불륜
에 빠진 구로프와 안나는 얄타의 호텔을 나와 마
차를 타고 오레안다로 떠난다. 그들은 교회당에서
멀지 않은 벤치에 앉아 바다를 내려다본다. 새벽
안개 속에서 보이는 바다는 공허하고 단조로운 파
도 소리에 잠겨 있다. 구로프는 생각한다. 그들 이
전에도, 지금 이 순간에도, 언젠가 그들이 사라진
후에도 똑같이 무심하게 나고 있을 소리에 대해.
그 완전한 무관심과 영원한 구원과 끊임없는 삶의

움직임에 관해. 구로프는 안나와 함께 바다에 아침이 오는 것을 지켜보았고, 나는 혼자서 해가 지는 것을 기다렸다. 구로프는 아름다움을 느꼈지만, 나는 아무것도 느끼지 못했다. 물론 같은 점도 하나 있었다. 구로프와 나 모두 본인들은 진지했으나 다른 사람이 볼 때는 안쓰럽고 찌질하며 우스꽝스러운 모습이었을 거라는 사실. **니 혼자 영화 찍나?** 그때 뒤에서 다가와 내 침묵을 깼던 목소리들이 다시 귀에 들려왔다.

"니 아나? 이거 마지막 열차다."

"안다."

"시간이 가긴 가네."

나는 니스의 해변에서 어둡고 덜컹거리는 컴파트먼트로 돌아온다. 자갈 해변과 에메랄드빛 바다는 이제 없다. 입을 열어 목소리를 낸다.

"형들은 돌아가면 뭐 할 거예요?"

세 사람이 서로 눈치를 본다. 보기 드물게 어색한 광경이다.

"밥은 벌어먹고 살아야 되지 않겠나."

"돌아가면이란 말 웰케 슬프노."

"시끄럽다."

파도 소리처럼 규칙적인 바퀴 소리가 객실의 침묵을 가른다. 나는 눈을 감고 잠을 청한다.

39

파리는 여행의 종착지였고, 이제 우리는 시계 방향 일정의 마지막 숫자에 다다르고 있었다. 파리에 머물렀던 사흘 동안 나는 일행과 함께 개선문과 샹젤리제 거리, 몽마르트르 언덕, 노트르담대성당, 센강, 라탱 지구와 레알 지구, 마레 지구를 정처 없이 돌아다녔다. 둘째 날에는 RER을 타고 근교 베르사유궁전에 다녀오기도 했는데, 표를 살 때 '알-이-알'이라는 내 영어식 발음을 끝까지 못 알아듣는 척하던 매표소 직원은 나중에 '에흐-에-에흐'라는 프랑스어 발음을 알려주면서 유창한 영어로 덧붙였다. **대체 넌 왜 학교에서 불어를 배우**

지 않았니?

루브르박물관과 에펠탑은 마지막 날을 위해 남겨두었다. 에펠탑은 오가며 수없이 마주쳤는데, 바라볼 때마다 마치 거대한 카운트다운처럼 탑 중간에 위치한 전광판을 통해 J-165 같은 식으로 1999년의 남은 날들을 알려주고 있었다.

에펠탑에 J-163이라는 숫자가 걸려 있던 마지막 날, 일행 대부분은 루브르박물관을 보러 이동했다. 이제는 서로 친해지기도 했고, 여행 막바지에 이를수록 다들 조금씩 지치기도 해서 초반처럼 활발하게 개별적으로 움직이지는 않았다. 나 역시 일행과 함께 박물관에 도착했는데, 입장하기 위해서는 땡볕에서 줄을 세 시간 이상 서야 한다는 걸 알고는 보고 싶은 마음이 싹 사라졌다.

"이건 진짜 아니지 않아?"

E가 땀을 흘리고 있는 나에게 와서 말했을 때, 나는 거의 손뼉을 치고 싶은 심정이었다.

"다른 데 갈래?"

내가 말을 마치기도 전에 E는 줄에서 빠져나와 박물관 반대편으로 걷기 시작했다. 우리는 첫날 시간이 부족해 대충 둘러보기만 했던 샹젤리제 거리에 다시 가보기로 했다. E는 거기 가면 눈여겨본 향수 가게도 있고 현지인만 아는 근사한 카페도 있다며 흥분한 톤으로 떠들었다. 나는 원체 미술관이나 박물관 둘러보는 것을 좋아하지 않았고 (늘 묘하게 묘지 같은 느낌이 났다), 게다가 이번 여행을 통해 성과 성당, '뮤즈가 사는 성전'인 박물관에 완전히 질려버렸으므로 루브르만 아니라면 어디라도 좋았다. 「모나리자」라면 사진으로 지겹게 봤는데 뭘. 나는 생각했다. 하지만 그런 식이라면 이 여행은 애초부터 올 필요가 없었다. 모든 것은 이미 사진 속에 존재하니까. 지도 위에 별을 찍고 스트리트 뷰를 보며 온라인으로 전 세계를 돌아다닐 수 있는 지금이야 말할 것도 없지만, 그건 구글과 유튜브가 없던 1999년에도 마찬가지였다. 에펠탑도, 베르사유궁전도, 모나리자와 루브르박물관도, 센강과 대성당과 개선문도. 어쩌면 여행이란 대상을 사진에서 구해내는 행위인지도 모른다. 그러나 그 여행을 떠나서도 나는 다시 뷰파인더의 사각형 안에 대상을 가두곤 했다. 그것만이 내 여행을 증명할 유일한 방법이라는 듯이.

"혹시 두 분 커플이세요?"

막 도착한 샹젤리제 거리를 걷고 있는데 누가 한국어로 말을 걸어왔다. 우리가 커플처럼 보이나? E는 검은색 티셔츠에 베이지색 반바지, 나는 출국할 때 입었던 폴로 반소매 셔츠에 남색 바지와 닥터마틴 단화를 신고 있었다.

"아닌데요."

E가 경계하는 목소리로 지나치려고 하자 낯선이는 내 팔을 붙잡았다.

"알바하실 생각 없어요?"

40

15분 뒤 우리는 E가 말했던 카페 2층에 앉아 낯선 남녀 둘과 마주 보고 있었다. 그들은 카페오레 두 잔을 사주며 우리에게 자신들이 하는 일을 설명했다.

"간단해요. 길 건너 루이뷔통 매장에 가서 뭐든 사 오시면 됩니다. 살 수 있는 만큼."

그들은 1,000만 원어치 여행자수표를 테이블에 펼쳐 보였다.

"두 분께 각각 500만 원씩 드릴 거예요. 그리고 사 오신 금액의 10퍼센트를 수고비로 돌려드릴 겁니다. 현금으로요."

두 사람은 번갈아 말했다.

"왜 이런 일을 시키는 거죠?"

E가 팔짱을 끼고 비스듬히 앉은 채로 물었다. 자세히 보니 E는 커피에 손도 대지 않고 있었다.

"한 사람당 구매 제한이 걸려 있거든요. 저희는 물건이 더 필요하고요."

그들은 초록색 파일을 꺼내더니 우리에게 한 장씩 넘기며 카탈로그를 보여주었다. 거기에는 루이뷔통의 가방들이 사진과 함께 나열되어 있었다.

"가방을 사시려고 하면 아마 매장에서 온갖 핑계를 대며 구매를 방해할 겁니다."

"왜요?"

"저희 같은 사람들의 존재를 아니까요. 구매를 제한하려는 거죠."

남자의 말 중간에 손짓을 하며 여자가 끼어들었다.

"계산해주는 척하다가 여행자수표에 문제가 있다는 말도 할 거예요. 도난 신고가 들어와 있는 번호라고 하면서요."

"그럼 어떡해요?"

"거짓말입니다. 그냥 사시면 돼요."

나는 E를 쳐다보았다. E는 잠시 커피를 홀짝이더니, 나와 눈을 맞추며 말했다.

"10퍼센트라고 하셨죠?"

다시 15분 뒤, 우리는 샹젤리제 거리에 있는 루이뷔통 본점에 들어와 있었다. 카탈로그에서 봤던 거북이 등껍질 같은 가방과 칼로 그은 것 같은 무늬의 핸드백을 점찍어 고르는 데까지는 그리 오랜 시간이 걸리지 않았다. 우리를 응대한 직원은 예상과 달리 꽤 친절했고 특별히 동양인이나 여행객을 차별한다고 느껴지지도 않았다. 가방 밑에 프랑으로 적힌 네 자리 숫자는 가격이 아니라 암호처럼 보였다.

"이거 두 개 다 하면 얼마야?"

계산을 기다리며 내가 묻자 E는 잠시 머릿속으로 계산하는 듯하더니 대답했다.

"250만 원이네."

"와."

나는 이 가방 두 개가 내 한 달 가까운 여행비와 맞바꿀 수 있는 가치를 지니고 있다는 사실이 믿기지 않았다.

"30분 일하고 25만 원이면 나쁘지 않다."

E는 내 어깨를 툭 치며 말했다. 그녀는 기분이 좋아 보였고 나도 그랬다. 이 돈이라면 파리에서의 마지막 저녁을 풍족하게 보낼 수 있을 것만 같았다. 오늘은 맥도날드나 퀵 말고 진짜 프랑스 음식점에 가야겠다, 나는 속으로 다짐했다. 그때까지는 모든 게 순탄하게 흘러갔으니까.

하지만 계산이 문제였다.

계산대에 서 있던, 매니저 명찰을 달고 있는 중년의 여자는 우리의 모든 것을 트집 잡았다. 처음에는 여행자수표가 도난당한 번호라고 했다가(이미 들어서 알고 있는 핑계였다), 이 가방을 진짜 직접 사용할 거냐고 물었다가(E는 하나는 자기 것, 다른 하나는 엄마 선물이라고 둘러댔다), 나중에는 너희가 브로커 만나는 걸 창밖으로 봤다고 했다(말도 안 되는 소리였다. 우리는 길 건너 카페 2층 구석에 있었으니까). 무엇보다 우리가 매니저와 씨름하는 사이 중국인으로 보이는 부자(그렇다, 누가 봐도 부자였다)는 매장 한쪽 일인용 소파에 앉아 직원들이 가져다주는 가방을 여유롭게 고르고 있었고, 직원 한 명은 아예 그의 작고 시끄러운 털북숭이 강아지만 전담 마크 중이었다. 매니저와의 말다툼 사이로 보이는 그 불균형이 나는 어지러울 정도로 싫었다. 세 시간에 걸친 기묘한 줄다리기 끝에 기진맥진한 나는 매장을 먼저 나와버렸고, E는 그러고도 30분 후에야 나타났다. 양손에 커다란 루이뷔통 쇼핑백을 전리품처럼 들고서.

"봤지?"

어떻게 계산에 성공했냐는 내 질문에 E는 별거 아니라는 듯 말했다.

"죽은 엄마가 평생 갖고 싶어 했던 가방이라고 했어."

"진짜야?"

그때 횡단보도 신호등이 초록색으로 바뀌었다.

"우리 엄만 루이뷔통이 뭔지도 모를걸."

"돌아가신 건 진짜야?"

내가 다시 물었지만 E는 대답 없이 카페 쪽으로 앞장서 걸었다.

41

대리 구매를 부탁했던 이들은 정말로 금액의 10퍼센트를 수고비로 돌려주었다. 현금 1,250프랑이었고 우리 돈으로는 25만 원이었다. E와 나는 여행 가이드북에서 배낭 여행객은 비싸서 못 간다고 소개된 정통 프렌치 레스토랑 하나를 골라 거기서 저녁을 먹기로 하고 지하철역으로 들어갔다. 당시 프랑스 지하철 개찰구는 입구에 봉 세 개가 회전식으로 돌아가는 우리나라와 똑같은 방식이었는데(누군가 우리나라가 프랑스 것을 그대로 가져왔다고 했다) 무슨 객기에서였는지 E가 표를 따로 사지 않고 나를 따라 한 번에 개찰구를 통과했다. 나는 조금 민망했지만 E는 자기가 중고등학교 시절 이걸로 돈을 많이 아꼈다면서 웃었다. 그러나 몇 걸음 지나지 않았을 때 어디선가 사복 차림의 남녀 검표원이 나타나 우리에게 벌금을 요구했다. 지하철 부정 승차. 벌금은 1인당 600프랑이었고 우리는 적어도 한 사람은 표를 사지 않았냐면서 항변했으나 받아들여지지 않았다. 그들은 억울하면 지금 같이 경찰서에 가서 정식으로 따져보라고 했다. 나와 눈이 마주치자 E는 마지못해 가방에서 아까 받은 봉투를 꺼내 현금으로 벌금을 냈다. 그들이 사라진 뒤 E는 나에게 구겨진 봉투를 건넸는데, 거기에는 어린 왕자와 복엽기가 그려진 50프랑짜리 지폐 한 장만 덩그러니 남아 있었다.

42

계획은 취소되었고, 목적지는 변경되었다.

에펠탑.

사실 레스토랑으로 가는 길에 우리는 에펠탑 따위 보지 않아도 된다며 낄낄거리고 있었다. 그냥 못생긴 철제 구조물이잖아. 귀스타브 에펠이 파리에 흉물을 만들어놨다고 당시 파리 시민들한테 얼마나 욕을 먹었는지 알지? 우리는 우리가 알고 있는 에펠탑과 에펠에 관한 정확하지도, 온전하지도 않은 소문들을 하나씩 대결하듯 늘어놓으며 지하철역으로 들어갔었다.

하지만 이제 우리는 다시 에펠탑으로 향하고 있

다. 분위기는 침울했고 둘 사이에는 아무 말도 오가지 않았다.

"배고프지 않아?"

내가 말하자 E가 고개를 끄덕였다. 우리는 에펠탑 근처 맥도날드에서 남은 50프랑으로 (심지어 얼마 남지 않은 우리 돈을 더 보태서) 빅맥 두 개와 감자튀김, 맥주 두 잔을 사서 샹 드 마르스 공원 한쪽에 자리잡았다. 맥도날드에서 맥주를 팔아서 다행이라고 생각했다.

"여기서 보니까 그래도 근사하네."

E가 말했다. 저녁 아홉 시가 다 되었는데도 해는 완전히 지지 않은 채 노란색과 붉은색이 섞인 황혼의 빛으로 탑을 비추고 있었다. 낮보다 한결 선선해진 바람이 불어왔다.

"어차피 이제 올라갈 돈도 없어."

"계단으로는 갈 수 있을걸. 더 싸니까."

"그러진 말자."

"그래."

에펠탑을 바라보며 나는 E에게 마치 술주정하는 사람처럼 두서없이 O와 전수진에 관한 이야기를 늘어놓았다. E는 잠자코 듣기만 했다. 어느새 식어버린 빵 사이에 남은 패티는 내 육신처럼 너덜너덜하게 갈라져 있었다. 이제 여행을 끝마칠 시간이었다. 입안으로 찌그러진 햄버거 조각을 밀어 넣으며 나는 O를 마지막으로 봤던 날을 떠올렸다. 학교 안 극장에서 특별 상영하던 「러브레터」를 보러 갔던 날. 영화의 결말에서 주인공인 여자 후지이 이츠키는 갑작스럽게 찾아온 중학교 도서부 후배들에게 책 한 권을 건네받는다. 어리둥절해하는 이츠키에게 후배들은 책 뒤쪽을 보라고 하는데, 거기에는 오래된 도서 카드가 한 장 꽂혀 있다. **뒷면이요!** 아이들은 소리치고 이츠키는 카드를 뒤집는다. 거기엔 중학교 시절 자신의 얼굴이 연필로 그려져 있다……

영화를 볼 때의 나는 질투와 분노의 감정으로, 에펠탑 앞에서의 나는 허무와 피곤으로 그 장면이 정말로 무엇을 의미했는지 알지 못했다. 하지만 지금의 나는 도서 카드의 뒷면에 그려진 이츠키의 초상보다, 남자 후지이 이츠키의 뒤늦게 도착한 마음보다, 오랜 시간이 흐른 뒤 그것을 확인한 여자 후지이 이츠키의 떨림보다 더 중요한 것이 있다는 것을 안다. 그건 **책 그 자체다.** 후지이 이츠키가 돌려받은 것은 마르셀 프루스트의 『잃어버린 시간을 찾아서』 제7권 『되찾은 시간』. 잃어버린 시간을 찾는 게 아니라 읽는 사람의 시간을 잃어버리게 만드는 그 길고 미로 같은 소설에서 프루스트는 시간이라는 레코드를 기억이라는 플레이어를 통해 반복 재생하고, 그것으로 일종의 시간여행을 감행하며, 결국 자기 자신조차, 그러니까 아무도 듣지 못한 어떤 새로운 멜로디를 발견해낸다. 「러브레터」에 따르면 그 노래는 「푸른 산호초」일까? 남쪽에서 불어오는 푸른 바람일까? 도서 카드 뒷면에 몰래 그린 첫사랑의 초상일까? 그러나 아무것도 알지 못한 채 에펠탑 앞에서 영화 속 「푸른 산호초」의 한 소절을 흥얼거리던 그 순간……

나는 전수진의 뒷모습을 발견한다.

"저 사람이야."

자리에서 벌떡 일어나 손가락으로 저 멀리 에펠탑을 향해 걸어가는 여자를 가리키자, E가 말한다.

"어서 가봐."

뭔가에 홀린 듯 나는 공원을 가득 메운 사람들 사이로 전수진의 뒤를 쫓는다. 숨이 찰수록 심장이 더 빠르게 뛴다. 아니, 어쩌면 반대일지도 모른다. 심장이 더 빠르게 뛸수록 숨이 차오른다. 자리를 펴고 앉아 있는 사람들과 사진을 찍어대는 사람들과 돌아다니며 뭘 팔고 있는 사람들과 느긋하게 그들 사이를 걸어 다니는 사람들을 지나 나는 마침내 전수진의 뒤에 도달한다. 전수진(으로 보이는 사람)은 누군가와 함께 걷고 있고, 무엇보다 그의 팔짱을 끼고 있다. 나는 그의 얼굴을 확인하고 싶어 속도를 낸다. 그때 그가 먼저 뒤를 돌아보는데, 그는 전수진을 닮은 여자다.

다시 바람이 불어왔다. 이제 그 바람은 더 이상 선선하지 않고 서늘했다. 걷어 입은 셔츠 아래 팔뚝에 오소소 소름이 돋았다. 나는 전수진과 팔짱 낀 상대가 에펠탑 밑으로 천천히 사라지는 것을 지켜보았다. 그들을 다른 이들과 분간할 수 없게 되었을 때 에펠탑에 조명이 들어왔고, 그러자 공원에 있던 사람들 모두가 손뼉을 치며 환호했다.

DAY 21

파리—김포

43

돌아오는 비행기 안에서 나는 소설의 마지막 부분을 썼다.

두 사람이 지구 반대편의 어느 햄버거집 구석에 앉아 듣고 말하고 웃으며 때때로 화제가 끊겨 머뭇거리는 동안에도, 그들이 떠나온 곳의 시간은 그들의 빈자리에 아랑곳없이 무심하게 흘러가고 있었다. 때마침 시작된 장마로 서울은 매년 치르는 홍역처럼 물난리를 겪는 중이었고, 수해와 재난으로 점철된 뉴스의 머리기사들이 사람들의 눈과 귀를 괴롭혔다. 수와 진이 햄버거 가게에서 일어날 즈음, 한강 잠수

교에서는 빗길에 미끄러진 승용차 한 대가 중앙선을 넘어 마주 오는 차를 들이받고 강으로 뛰어들었다. 모두 네 명이 숨졌고 여섯 대의 차가 부서졌으며 부근의 교통을 세 시간이나 마비시킨 대형 사고였다. 그러나 수와 진은 이 사실을 알지 못했고, 그것은 같은 서울 하늘 아래 살고 있는 그들의 옛 애인들 역시 마찬가지였다. 수가 사랑했던 그는 학교 도서관에서 잘 읽히지 않는 책을 앞에 놓아둔 채 비 오는 창밖을 멍하니 내다보고 있었고, 진이 사랑했던 그녀는 벼러왔던 사랑니를 뽑고 병원 앞 정류장에서 우산을 든 채 집으로 가는 버스가 왜 이토록 오지 않는지 궁금해하고 있었다.

붉은색 간판의 햄버거 가게를 빠져나온 둘은 가게 앞에서 잠시 멈췄다.

몇 시죠?

진이 물었다.

7시 30분이에요.

수는 시계를 보여주었다. 가느다란 손목. 시계는 그녀의 손목에서 떨어지지 않으려고 안간힘을 쓰고 있는 것처럼 보였다. 진은 수를 보며 시계가 안쓰러워 보일 만큼 가느다란 손목을 가졌던 어떤 여자를 떠올렸다. 추억이라고 말하기엔 너무 먼, 이제는 지구 반대편이 아니라 춥고 어두운 저 태양계의 어느 끄트머리쯤으로 사라져 간 사람.

비가 그쳤네요.

수가 말했다.

이제 어떻게 하실 거예요?

그녀의 느릿한 목소리에 진은 반사적으로 다 지난 일인데요, 라고 말할 뻔했다. 그러나 고개를 돌려 입술을 떼려는 순간 그는 그녀의 얼굴을 보고 멈칫했다. 그게 아니었다.

차라도 마실까요?

진은 서둘러 걸음을 옮겼다. 뺨이라도 맞은 듯 두 볼이 따끔거렸다. 잊었다고 생각했는데. 그렇게 믿었었는데. 그의 걸음걸이가 불안에 비례하여 점점 더 빨라졌다.

저쪽에 그냥 앉아 있으면 안 될까요?

멀찍이 앞서 걸어가는 그의 뒤를 힘겹게 따라오던 수가 옷자락을 붙잡으며 물었다. 그가 돌아보자 그녀는 발갛게 상기된 볼을 한 채 그를 올려다보았다.

그래요, 그럼.

진은 그만 웃어버렸다.

플랫폼이 건너다보이는 역 한쪽에는 앉아서 쉴 수 있는 공간이 마련되어 있었다. 조금 전까지 그곳에 앉아 지도를 펴 들고 큰 소리로 일정을 논의하던 훤칠한 키의 서양 남자 둘이 의견의 일치를 보았는지 벌떡 일어나 역 입구 쪽으로 걸어 나갔다. 미국인? 멀어지는 뒷모습을 유심히 살피던 수는 그들의 배낭 한구석에서 공통점을 발견했다. 붉은 나뭇잎이 그려진 국기 모양의 배지.

캐나다 사람들은 자기들을 미국인이랑 혼동하지 말라고 어딘가에 꼭 국기를 달고 다닌대.

설명하는 걸 좋아했던 예전 남자친구가 해준 말이 떠올라 그녀는 그들이 더 이상 보이지 않을 때까지 빛이 들어오는 쪽을 바라보았다.

내 배낭 끝에는 어떤 배지가 달려 있을까.

그들이 사라져 간 방향으로부터 고개를 돌리며 그녀는 생각했다. 다른 사람이 내가 누구라는 걸 금세 알아볼 수 있도록 지금 내가 달고 있는 것. 아무리 생

각해봐도 자신의 배지에는 아직도 헤어진 그의 얼굴
이 담겨 있는 것 같았다.

안 앉을 거예요?

먼저 자리에 앉은 진은 멍하니 서 있던 그녀의 옷
자락을 끌어당겼다. 수는 그제야 허둥대며 자리에
앉았다. 이상하게도 그를 똑바로 바라볼 수가 없었
다. 그녀가 자리를 잡고 앉는 모습을 바라보던 그 역
시 아무 말도 하지 않았다. 그들은 서로를 처음 만난
두 시간 전처럼 세상에서 가장 어색한 모습으로 함
께 앉아 있었다.

선물이에요.

침묵 속에서 어색함이 잦아들 즈음, 진은 가방을
부스럭거리며 뭔가를 꺼내 들었다.

이게 뭐예요?

수는 엉겁결에 그가 건넨 것을 받아 들고 물었다.
기다란 직사각형 모양의 엽서였다.

엽서를 사기로 했었어요, 이번 여행에서는.

진은 오른쪽 주머니에서 1길더짜리 동전을 꺼내
더니, 엄지와 검지로 만지작거리기 시작했다.

한 가지 빼먹은 말이 있는데. 유럽 여행이요, 전에

한 번 왔었다고 했던 거. 사실은 따라서 온 거예요. 그 사람 따라서. 유럽 여행 다녀와서 저한테 헤어지자고 그랬거든요.

세상은 정말 넓은 것 같아. 유럽에서 수많은 사람들과 만나고 헤어지면서 생각했어. 너랑 나도 언젠가는 그렇게 스쳐 지나가겠지. 그렇다면 우리도 꼭 이별을 알 수 없는 언젠가로 미루지 않아도 되지 않을까?

아직도 편지에 쓰여 있던 말을 못 잊어요. 그래서 갔죠, 유럽으로. 반쯤은 잊기 위해서, 또 반쯤은 확인해보고 싶어서. 그 사람이 걸었을 거리, 그 사람이 서 있었을 자리, 그 사람이 들이쉬고 내쉬었을 공기…… 일일이 확인해보지 않으면 안 될 것 같았거든요.

그의 손가락 위에서 동전이 앞뒤를 바꾸며 곡예를 하고 있었다. 위태로워 보였다.

결국 아무것도 못 보고, 아무것도 못 잊고 돌아왔어요. 여행의 의미를 몰랐던 거죠. 너무 뚜렷한 목적이 있는 삶이 그렇듯이, 목적을 가지고 떠나는 여행이란 그게 무엇이든 간에 공허할 수밖에 없는 건데.

그땐 그걸 몰랐죠. 그냥 흘려보내는 게 진짜 여행이라는 생각은 전혀 하지 못했어요. 진작 알았더라면 바보처럼 유럽까지 가지 않아도 됐을 텐데. 돈도 아끼고.

동전이 떨어졌고 그가 다시 주웠다.

그래서 곧바로 군대에 갔어요. 그것도 일종의 여행이었죠. 아주 길고 험한 여행. 죽기 전엔 제대 못할 것 같았는데, 적당히 참고 적당히 타협하다 보니까 또 어느새 하게 되더라고요. 올겨울에 제대하고 나서 군대 있을 때 제일 하고 싶었던 게 뭐였나 곰곰이 생각해봤는데, 여행을 가야겠다는 생각이 드는 거예요. 유럽으로.

이건 말이죠, 하면서 진은 수의 손에 쥐여준 엽서를 가리켰다.

일종의 편지 같은 거예요. 5년 전 유럽에 머물렀던 그 사람에게, 그리고 그다음 해 흔적을 따라 길 잃은 아이처럼 같은 공간을 헤매고 다녔던 나 자신에게 보내는 편지. 물론 주소 같은 건 쓰지 않아요. 나라마다, 도시마다, 그 사람 혹은 예전의 나를 떠올리게 하는 엽서가 있으면 그냥 사는 거죠. 내용을 쓸 수도 있고, 안 쓸 수도 있고. 우체통에 넣을 수도 있고, 강물에 띄워 보낼 수도 있어요. 혼자서 치르는 의식 같은 거랄까요.

이걸 저한테 주셔도 괜찮아요?

수가 물었다.

받아주시면 고맙죠. 강물에 던지는 건 지쳤거든요.

동전을 주먹 속에 감아쥐며 진이 대답했다. 그는 그것이 5년 전 그녀가 자신에게 보냈던 엽서와 완전히 같은 것임을 굳이 밝히지 않았다. 이별을 미루지 말자던 그녀의 단정한 글씨가 바로 그 안에 적혀 있었다는 사실도.

바람이 불어왔다. 쌀쌀한 기운을 느낀 탓에 수는 풀어놓았던 셔츠의 단추를 잠갔다. 지금쯤 서울에도 바람이 불고 있을까.

아직 두 시간이나 남았는데요.

몇 분 전에 진이 이제 그만 가볼게요, 라고 말했을 때 수는 대답했다. 그것이 나는 당신과 좀 더 이야기하고 싶어요, 라는 말과 같은 의미라는 것을 그가 모를 리 없었다. 그러나 진은 곧바로, 조금도 주저하지 않고 말했다.

덕분에 즐거웠어요.

그가 한 번 더 자기 뜻을 알렸을 때 수는 더 이상 그를 잡아두는 건 의미가 없다는 걸 깨달았다. 그녀는 웃어 보이기로 했다.

반가웠어요. 엽서, 고마웠고요.

플랫폼이 보이는 벤치에서 만난 지 세 시간 만에 수와 진은 헤어졌다. 진은 일어나 묵례를 하고 역 안으로 멀어졌고, 수는 잠깐 일어서서 그가 가는 쪽을 바라보다가 다시 자리에 앉았다. 그들의 헤어짐이란 처음 만났을 때처럼 갑작스러운 것이었다. 그의 뒷모습이 완전히 사라지자 바람이 잦아들었다.

시계를 보니 어느새 8시가 가까웠다. 수는 옆에 놓아둔 작은 가방에서 그가 준 엽서를 꺼냈다. 한동안 해와 강과 풍차의 그림자를 바라보다가 그녀는 엽서를 뒤집어 속살처럼 하얀 뒷면을 손가락 끝으로 가만히 만져보았다. 아무것도 적혀 있지 않은 빈 공간은 추워 보였다. 수는 배낭 앞주머니에서 펜을 꺼내 들었다. 그녀의 배낭 끝에는 아무것도 달려 있지 않았다.

밤 10시 30분이 되자 수는 열차에 올라탔다. 조금 전 역 안의 우체국에서 부친 엽서는 아마 제대로 배달되지 않을 것이다. Seoul, Korea, 너에게. 그녀는 자리를 찾아 앉으며 문득 자신이 적어 넣은 주소가 생각나 멋쩍은 미소를 지었다. 우체국 직원에게는 미안한 일이었지만 곧 괜찮아질 것이다. 수는 분신처럼 가지고 다니던 주머니 속 워크맨을 꺼내 배낭 깊숙한 곳에 넣었다. 그가 선물했던 테이프 편지, 너무 많이 들어서 살짝 늘어나기까지 한 그 테이프는 열차에 오르기 직전 쓰레기통에 던졌다. 좌석에 몸을 기대며 비로소 그녀는 여행을 떠나는 기분이 들었다. 열차가 움직이기 시작했다.

마지막 문장을 쓰고 나서 나는 맨 첫 장으로 돌아갔다. 잠시 망설였지만 이 소설에 어울리는 제목은 하나뿐이었다. 노트를 덮고 나는 머리를 뒤로 기댔다. 비행기가 서해 상공에 진입하고 있었다.

44

김포공항에서 헤어지기 전에 우리는 간단히 인사를 나누었다. 부산 형들은 부산에 내려오면 언제든 돼지국밥을 사주겠다고 했고, 자전거를 탔던 누나들은 이제 홍합 대신 신촌 베니건스에서 몬테크리스토를 같이 먹자고 했다. 원주 의대 커플은 원주엔 뭐가 없으니 춘천에서 만나 닭갈비를 먹고 남이섬에 가자고 했고, 광주 누나들은 버스 시간을 맞춰야 한다며 벌써 떠나고 없었다. 우리는 아쉬운 표정으로 사진을 찍고 연락처를 교환하고 다시 만날 날짜와 시간을 약속했다.

그리고 영원히 다시 만나지 못했다.

딱 한 번 그들이 몹시 그리웠던 어떤 밤이 있었다. 10년 정도 흘렀을까. 비 내리는 밤이었고 광화문이었다. 대학원에 다니던 때였을 것이다. 그날도 형편없었던 내 소설에 관한 합평을 마치고, 쓰린 마음에 마시지도 못하는 소주를 두 병 넘게 마셨다. 술집을 나와 비틀거리다가 길바닥에 토를 하고 마침 지나가던 택시를 잡았다. 가죽 시트가 다 해진 뒷좌석에서는 담배 냄새가 진하게 났고 나는 재차 올라온 구토기를 참으며 숨만 가쁘게 몰아쉬었다.

"어디요?"

룸미러로 나를 노려보는 눈빛이 느껴졌다. 내가 대답하지 못하자 기사는 몸을 반쯤 틀어 내 무릎을 툭툭 치며 다시 물었다.

"손님, 어디 가요? 에?"

나는 초점 없는 눈으로 기사 쪽을 바라보았다. 빗물이 흐르는 앞 유리 너머로 자동차와 신호등의 하얗고 붉고 파랗고 노란 불빛이 끊임없이 점멸하고 있었다. 그 아름답고 몽환적인 장면은 어딘지 익숙한 풍경이었다.

"……런던이요."

"에?"

"런던."

기사는 곧장 문을 열고 내렸다. 어디로 간 걸까? 몽롱한 정신으로 생각하는 사이 오른쪽 문이 거칠게 열렸고 뭔가가 나를 운명처럼 세게 잡아당겨 택시 밖으로 끌어냈다. 나는 중심을 잃고 보도블록과 차도 사이에 엉거주춤하게 넘어졌다. 눈앞에서 다시 문이 닫히고, 빗물이 얼굴에 튀고, 차가운 물방울 덕분에 시야가 밝아졌다. 기사는 운전석을 향해 빙 둘러 가며 말했다.

"이거 완전히 돌아버렸네."

DAY 9286

서울

이 글을 쓰고 있는 건 2024년 12월 1일 일요일이다. 지난주 갑자기 폭설이 내리면서 겨울이 시작됐고, 나는 아직 작년에 입었던 겨울옷들을 다세탁하지 못해 당황스러운 상태다.

"뭐 버릴 거 있어?"

쓰레기를 정리하며 아내가 묻는다. 그러고 보니 일요일은 아파트 단지에서 분리수거를 하는 날이다. 나는 자리에서 일어나 플라스틱과 비닐, 상자와 종이를 분류해 현관 앞에 쌓아둔다. 아버지에게 온 소포 박스를 접어 다른 상자들 속에 끼워 넣고, 오래된 옷과 군복은 의류 수거함에 넣을 수 있게 큰 비닐봉지에 담는다. 다이어리와 『노턴 앤솔러지』, 표지에 'GREAT IRISH POET'이라고 적힌 예이츠의 시집은 거실 책장에 꽂아두고, 쓰지 않은 편지지들과 신춘문예에 응모했던 원고 묶음은 폐휴지 모음에 넣는다. CD 플레이어와 리모컨은 소형 가전 버리는 곳에 두기로 한다.

"준비됐어."

우리는 집에서 입고 있던 후줄근한 옷 위에 패딩만 하나씩 걸치고 1층으로 내려간다. 짐이 많아 두 사람의 네 손으로 간신히 들어야 할 정도다. 아내와 나는 100미터가량 떨어져 있는 수거장에 쓰레기를 분류해 버린다. 시간이 늦어서인지 수거장엔 우리 둘뿐이다.

"다 됐어?"

마지막으로 쌓인 종이들을 버리고 있을 때 아내가 말한다. 그때 나는 원고 묶음 사이에서 '야간열차'라는 제목이 적힌 노트를 발견하지만, 잠시 망설이다가 폐휴지 속에 던져 넣고 마침내 비어 있는 두 손을 들어 보인다. 아내가 내 팔짱을 끼고, 나는 패딩 주머니 속으로 두 손을 넣는다.

그리고 주머니 속에서 반지를 발견한다.

이게 왜 여기 있지? 나는 혼란스럽다. 그러고 보니 반지는 아버지가 보낸 소포에 들어 있었다. 분명히 나는 니스에서 이걸 바다에 던졌는데? 버리지 않은 건가? 다시 주운 건가? 이 반지는 그 반지가 아닌가? 내가 기억하는 것과 내가 쓴 것과 지금 내 손에 만져지는 것이 일치하지 않는다. 나는 아내에게 대답하지 못하고 잠시 멈춰 선다.

"이상하네."

"뭐가?"

가로등 밑으로 아내의 얼굴이 밝게 비친다. 익숙하고 다정한 얼굴. 이 얼굴을 처음 보았을 때를 생각한다. 아내가 다시 묻는다.

"뭐야, 원고 때문에 그래?"

나는 아내를 한참 바라보다가 입을 연다.

"그때 정말 왜 왔던 거야?"

"어딜?"

"유럽."

"내가 유럽에 갔어?"

아내는 씩 웃더니 내 팔에서 손을 뺀다. 그리고

아파트 입구를 향해 먼저 걷는다.

　나는 동그란 가로등 불빛을 벗어나 그림자 속으로 멀어지는 E, 아니 은혜의 뒷모습을 지켜보다가 뒤돌아 한 번 더 수거장으로 향한다.

　반지를 버리고, 이 여행을 끝내기 위해.

1과 O 그리고 2에 관한 이야기

─문지혁의『나이트 트레인』

양윤의

나이트/라이트 트레인

문지혁의 소설과 오토 픽션autofiction이란 이름을 떼어놓고 생각하기는 힘들다. 대표적으로『초급 한국어』(민음사, 2020)와『중급 한국어』(민음사, 2023)에서 작가는 작가 자신의 이름을 가진 주인공이 작가 자신의 이야기로 짐작되는 이야기를 하게 만든다. 독자들은 소설 속 '나'(문지혁)의 말에서 작가 자신의 내밀한 고백을 듣는 듯한 느낌을 받는다. 어디까지가 작가의 이야기이고 어디까지가 창작일까? 다시 말해 진실과 허구의 경계는 어디일까? 작가는 사실을 말하고 있을까? 아니면 이것은 사실일 법한 인상을 자아내기 위한 장치일 뿐일까? 오토 픽션은 허구와 진실의 경계를 뒤섞고, 자연인과 허구의 인물이 서로 겹쳐 보이게 하는 정동적 효과를 낳는다. 이것은 시청자의 입장에서 한 배우가 영화나 드라마 속에서 하는 연기와, 그가 예능에 나와서 자기 가족과 집을 소개할 때의 행동을 구별하면서도 동일시하는 것과도 비슷하다. 이 이상한 이중 정체성double identity은 한 인물이 가진 두 윤곽—대체로 겹쳐 있지만 완전히 일치하지는 않는—이다.

나는 소설이 꾸며 낸 이야기라는 말을 믿지 않는다. 소설은 삶을 반영한다는 말도 믿지 않는다. 소설은 삶보다 작지 않고, (글자 수도 두 배나 많다) 소설이 삶에 속한 게 아니라 삶이야말로 우리가 부지불식간에 '쓰고 있는' 소설이라고 믿기 때문이다. 나는 우리가 우주와 영원히 써 내려가는 거대한 소설의 일부임을 망각하고 있을 뿐이라고 믿는다.

―문지혁, 작가의 말, 『초급 한국어』(민음사, 2020, 184p)

그런데 작가는 다른 말을 한다. 소설은 꾸며낸 이야기가 아니며 삶을 반영하지도 않는다. 그 역이 진실이다. 삶은 소설이며, 우리는 거대한 소설의 일부이다. 이것은 이 세상이 무한한 픽션으로 이루어져 있으며, 우리가―작가, 인물, 독자, 심지어 이 글을 쓰는 비평가까지도― 그 픽션의 피조물이라는 사실을 폭로한다. 작가 역시 조물주가 아니라 피조물이라는 사실이 강조되어야 한다. '누가 썼는가'가 문제가 아니다. 그가 누구든, 그 '누구'마저도 이미 픽션의 결과이기 때문이다. 오토 픽션이란 작가가 자신의 이름으로 자전적 사연을 풀어내는 소설이 아니라, 세상이라는 소설에서 등장인물이 연기하는 실존 인물의 이야기인 셈이다. 등장인물이 실존 인물에 앞선다는 것, 이 점이 강조되어야 한다.

말놀이에 기대어 말하자면, 이 소설의 제목인 '야간열차night train'는 소설 속 인물들이 자주 타곤 했던 여행의 수단을 넘어서서, '쓰기의 연속/글쓰기 훈련write train'의 유음 이의어일 수 있다. 기차는 줄글을 닮아서 곧게 뻗은 철로를 따라 일직선으로 달린다. 글은 기차를 닮아서 선로 같은 행들을 따라 이야기로 달려간다. 이처럼 글과 여행은 한 줄로 쭉 뻗은 1에 관한 이야기이다. 인간이 역사에서 최초로 남긴 기록은 이 직선, 1의 형상을 하고 있었다. 시간성에 의해 규정되는 인생도 그럴 것이다. 시간도 삶도 불가역적이기 때문이다. 그것은 한 번 내리그은 선이다.

이 세상이 거대한 소설이라는 생각, 우주가 여러 번 겹쳐 쓴 소설이라는 보르헤스적 상상력은 이 소설의 구성적 원리이기도 하다. '나는 이런 일을 겪었다'(①)와 '작가인 나는 쓴다'(②). 그리고 이 두 이야기는 서로 겹쳐 있다. 이것이 가장 단순하게 정리한 오토 픽션의 서술 전략이다. 하지만 이 소설에서, 이런 안팎은 여러 겹이다. 소설은 이렇게 시작한다.

이것은 여행에 관한 기록이다.

하지만 인생에 여행 아닌 것이 존재할 수 있나? (11p)

지금부터 '나'가 하는 이야기는 소설이 아니라 여행기이다(③). 그런데 인생이란 무릇 여행 아닌가? 우리는 이 세상을 잠시 유람하고 가는 여행자이다(④). 그러니까 이 소설은 여행기이자 인생에 대한 알레고리이다. 게다가 이 소설 속에는 또 다른 소설(⑤)이 있다. 20대의 '나'는 공허할 때마다 노트를 꺼내 소설을 쓰는데 그 소설 속 주인공의 이름은 '수'와 '진'이다. 이들은 여행 중에 만난 한 인물의 이름("전수진")을 둘로 나눈 것이다. 이야기 속의 이야기 구조는 더 있다. 2024년 40대의 '나'는 우연한 기회에 1999년 20대의 '나'를 회상하게 된다. 소설은 주로 청년인 '나'의 유럽 여행 이야기지만, 젊은 '나'의 이야기에는 논평이나 회상, 부연 설명 같은 중년인 '나'의 거듭된 개입이 있으며, 2024년으로 시작해서 그해로 돌아오면서 끝이 난다(⑥). 이 역시 이야기를 감싸는 또 다른 이야기 장치이다. 게다가 카프카나 셰익스피어와 같은 다른 작가의 소설이 곳곳에서 언급되기도 한다. 이런 겹겹의 이야기도 소설을 감싼다. 그럼에도 불구하고 그것들은 1이다. 하나의 이야기에 엮여 들어간 이야기이기 때문이다. 팽팽한 현絃이 하나의 선으로 보이지만 무수한 날실들의 비틀림의 겹침이듯이, 그 수많은 가닥들이 겹쳐져서 하나로 세어지듯이. 1은 이렇게 진동하면서 다수의 1들을 낳는다, 둘이나 셋이나 넷이 아니라. 야간열차는 이렇게 질러가는 이야기 1의 상형이기도 하다.

반지, 여행, O, 대관람차

'나'는 O와 고등학교에서 만났고 1학년 겨울부터 졸업할 때까지 사귀었다. 대학에 들어간 지 얼마 안 되어 O에게는 다른 연인이 생겼다. O는 '나'에게 은반지를 건네며 헤어지자고 말했나. 제대로 된 연애를 해보기도 전에 이별을 당한 '나'는 O의 작별 선물인 은반지를 버리기 위해 21일간의 유럽 여행('호텔팩')을 떠난다. O가 오스트리아 빈에서 산 반지를 다시 빈에 가서 돌려주면 '애도' 즉 이별의 예식—그것은 상징적인 장례다—이 완성될 것으로 생각했던 것이다. 그런데 O와 처음 입맞춤을 한 날, '나'는 O와 약속했다.

> "빈에 가자."
> O가 고개를 끄덕였다. (86p)

빈은 시작하지 않은 사랑을 끝내는 장소이면서, 실행되지 않은 여행을 완수하는 장소이기도 했다. '나'는 꼬박 1년 동안 과외 아르바이트를 하며 돈을 모아서 여행 준비를 마쳤다. 반지를 버리기 위해 '반지의 여행'을 계획했던 것이다. 실제로 '나'는 반지 원정대의 주인공 프로도에 자신을 빗대기도 한다(J.R.R 톨킨의 소설 『반지의 제왕』 속 프로도도 절대 반지를 버리기 위해[파괴하기 위해] 긴 모험을 떠났다).

반지는 이 소설에서 여러 가지로 모습을 바꾸어서 나타난다. 무엇보다도 그녀의 이름 O가 "빛나고 있는 작고 환한 동그라미"(28p)인 반지의 형상이다. 반지는 그녀의 선물이면서 그녀 자신이기도 했던 셈이다. 어떤 사람을 대신하는 그 사람의 사물이니, 반지는 O를 대신하는 토템이다. 한편 '나'가 참여한 '반지 원정대'는 21일간 유럽 여러 도시를 여행한다. 런던에서 출발하여 브뤼셀/암스테르담-프라하-잘츠부르크-뮌헨-빈-베네치아-로마-취리히-인터라켄-니스를 거쳐 파리에 도착하는 일정이다.

　"런던으로 들어가서 파리로 나옵니다. 아시겠죠? 유럽을 시계 방향으로 한 바퀴 빙 도는 거예요. 이렇게."
　그는 팔을 크게 뻗어 뒤에 있던 화이트보드에 동그라미를 하나 그렸다. (18p)

그러니까 이 일정에 따른 일행의 동선 역시 큰 O를 그리고 있다(이 여성의 앞뒤에 최초의 출발지와 도착지인 김포를 적어 넣어도 원이 완성되기는 마찬가지이다). 이들이 이동할 때 주로 이용하는 야간열차는 한 지역과 다른 지역을 선으로, 다시 말해 1의 모습으로 잇는다. 그런데 열차는 1로 끝나지 않는다. 열차의 처음과 끝을 이어붙이면 열차는 1에서 O로 변한다. 열차는 그렇게 대관람차가 된다.

빈이 가까워질수록 나는 스스로 점점 더 긴장하는 것을 느꼈다. 일행의 여행 최종 목적지는 여기가 아니지만 내 최종 목적지는 여기나 다름없었기 때문이었다. **여기서 모든 것이 끝난다.** 반지를 버리면 그때부터 나는 자유다. 빈은 내 애도 기간이 비로소 끝나는 장소이자, 바야흐로 새로운 삶이 시작되는 장소가 될 예정이었다. 나는 왼쪽 네 번째 손가락에 아직은 굳건하게 끼워져 있는 은반지를 만지작거렸다. 피곤했지만 잠이 오지 않아 조는 둥 마는 둥 하며 새벽을 맞았다. 나에게는 오직 하나의 이미지, 하나의 장소, 하나의 단어뿐이었다.

대관람차. (99-100p)

알파벳 O의 도상은 무엇을 의미할까? 첫째, 그

것은 1과 반대되는 0이다. 1이 있음, 실체, 셀 수 있음이라면 0은 없음, 부재, 셀 수 없음이다. '나'는 '나'를 영원히 떠난 사람, 그 사람의 부재를 지우기 위해 여행을 떠났다. 그런데 없는 사람을 없앨 수는 없다. O는 부재하기에, 부재의 형식으로 '나'의 옆에 있다. '나'는 빈의 대관람차에서 치르기로 했던 상징적 장례를 완수하지 못한다. ('나'는 대관람차에서 외국인 관광객들의 사진사 역할을 하느라, 정작 반지 버리기라는 핵심 미션은 수행하지 못한 채 안내원에게 쫓겨난다. 이 장면은 이 소설 전체의 상황적 아이러니를 응축한 압권이다.) 부재를 없애는 유일한 방법은 0을 치우는 것이 아니라, 그 자리를 1로 채우는 것이다. 뒤에 말하겠지만 그 역할을 함께 여행한 일행이나 여행지에서 만난 사람들이 나눠 맡는다. 1과 0은 컴퓨터 프로그래밍의 언어이기도 하다. 둘은 세상의 모든 것을 표현하는 이진법의 수다.

둘째, 그것은 약속의 시간성이다. 반지가 바로 O의 형상이다. 약속이란 미래의 시간을 미리 당겨서 선언하는 것이다. O는 그런 반지를 헤어지는 자리에서 '나'에게 건넨다. 영원성의 상징인 반지를, 영원히 함께하자는 약속을, 헤어지는 자리에서 건넨 것이다. 이 반지는 지켜지지 않는 약속이자, 영원히 그 실현을 뒤로 미루는 약속이다. 이것이 약속의 역설이다. 실현되지 않았으므로 이 약속은 깨지지 않을 것이다. "빈의 어느 거리를 지나다가 문득 네 생각이 나서 샀어. **너 은반지 좋아한다고 했잖아?**"(27p) 아무리 생각해도 '나'는 은반지를 좋아한다고 말했던 기억이 없다. 은반지가 그녀의 토템이었다는 사실을 상기하자. 그녀의 속뜻은 이랬을 것이다. 나 대신 이 반지를 줄게. 너 나 좋아한다고 했잖아?

셋째, 그것은 유령revenant이다. '나'가 잊지 못하는 O는 '나'의 앞에 현존할 수 없다. 그럼에도 불구하고 그녀는 '나'의 앞에 나타난다. 따라서 유령은 그리움의 존재 형식이다. 유령은 그렇게 매번 되돌아온다. '나'는 유령의 선물인 반지를 버리러 대관람차에 올랐다가 실패했다. 작은 반지를 버리러 더 큰 반지에 들어갔으니, 그럴 수밖에!

넷째, 그것은 되돌아오는 것이다. 그것은 머리

와 꼬리를 이어붙인 기차처럼, 대관람차처럼 여로를 거쳐 제자리로 돌아온다. '나'는 니스에서 반지를 바닷물 속으로 던지는 데 성공했으나, 웬일인지 그 반지는 한국에 돌아와 있다. 그것의 다른 이름은 영원회귀이다. 숫자 1이 결정론이라면 알파벳 O는 영원회귀이다. 영원회귀는 악무한이 아니다. 되돌아올 때마다 그것은 새로워진다. 다람쥐의 쳇바퀴처럼, 그것은 매번 무수한 경로를 거쳐서 제자리에 당도해 있다. 쳇바퀴는 무익한 반복 노동이 결코 아니다. 그것은 놀이의 긍정이고, 우연의 재생산이며, 즐거운 주사위 던지기이다. 우리는 니체를 즐거운 다람쥐 철학자라고 불러도 좋을 것이다. 같은 방식으로 문지혁을 다정한 다람쥐 소설가라고 불러도 좋을 것이다. 돌아온 반지는 현현한 공포나 우울증적 집착이 결코 아니다. 그것은 두 번째 사랑의 개시이며 차이 나는 만남이다. 이 반지를, 영원회귀를 긍정하고서야 비로소 여행은 끝이 나고, 반지를 버릴 수 있게 된다.

소설의 마지막 장면에서 '나'는 O 대신에 E를 만난다. O를 잊기 위해 떠난 여정에서 만난 E는

2024년, '나'의 아내 "은혜"가 되어 있다. 이니셜을 벗고 이름을 드러낸 그녀에게 놀란 독자도 있을 테지만(물론 문지혁의 이전 작품들을 읽은 독자들은 아내 '은혜'의 이름이 낯설지 않을 테지만), 사실 그녀는 1999년의 여행에서도 이미 O를 대신할 것이 암시되어 있었다.

나는 암스테르담에서 산 엽서를 꺼내 O에게 짧은 편지를 쓰기 시작했다. 누군가 이곳이 세계에서 가장 높은 우체국이며, 여기서 편지를 보내면 **'TOP OF EUROPE'**이라는 소인을 찍을 수 있다고 했기 때문이었다. 반쯤 잊힌 채 가방 한구석에서 뒹굴고 있는 반지를 만지작거리며, 지금은 기억나지 않는, 아마도 애매한 감정과 숨길 수 없는 미련이 가득할 몇 개의 문장을 쓴 뒤 나는 주소와 이름을 적었다. 그녀의 본가 주소를 누구보다 정확히 외우고 있었지만 그걸 쓰지는 않았다. 대신 이렇게 적었다. **SEOUL, KOREA, 너에게.** (148-149p)

세상이 무한한 소설이라는 작가의 명제를 떠올려보자. 비평가인 나는, E의 본명이 "Europe"이며, 은혜는 그 이름의 인칭화된 명명 즉 등장인물이라고 생각한다. 영원회귀를 따르는 여정을 통해서 '나'는 부재하는 O 대신에 영원회귀하는 O로서, 그 여행 자체를 상징하는 인물인 E를 만났던 것이다. 그러므로 1이 결정론이라면 O는 영원회귀이다.

두 사람

그렇다고 해서 이 소설을 O와 E를 둘러싼 삼자관계의 소설이라고 부를 수는 없다. 앞에서도 말했거니와 이 소설은 1과 0(혹은 알파벳 O)을 중심으로 전개되는 이진법의 로직을 갖고 있기 때문이다. O와 E는 '나'가 만난 두 사람에서 그치지 않고, 있음과 없음, 여로와 회귀, 목적과 과정 등에서 나의 행로를 알려주는 서기적書記的 표식이다. 그것은 1999년의 여행에서 후자 즉 E가 여러 장면에서 등장함에도 불구하고 '나'와의 사이에서 아무런 정동도 일으키지 않는다는 사실에서도 드러난다. '나'가 반지에 얽힌 여행의 목적을 밝히는 자리에서 E는 아무런 이야기도 하지 않는다. 2024년의 '나'에게도 그렇다. 그러니까 둘은 과거의 사람/현재의 사람이라는 대립항이 아니라 목적 있음/목적 없음과 같은 기표로 표시되는 것이다.

이 소설이 이진법의 로직을 통해 전개된다는 것은, 소설에 등장하는 주요 인물들이 두 사람씩 그룹을 짓는다는 사실에서도 감지된다. 앞에서 말한 E와 O도 그런 두 사람이지만, 다른 사람들도 그렇다. 정리해보자.

① 수와 진. 두 사람은 작중 소설에 나오는 인물들로 여행에서 '나'가 만난 전수진의 이름을 나눠 가졌으며, 만난 지 세 시간 만에 헤어져서 '나'와 전수진의 만남을 반복한다.

② 전수진과 그녀의 동생. 빈에 가자고 약속했던 '나'와 O처럼, 그녀와 쌍둥이 동생은 같이 유럽 여행을 가자고 약속했다. 그러나 동생이 먼저 세

상을 떠났다. 그녀는 죽은 동생과의 약속을 기억하고서 유럽 여행길에 올랐다. '나'가 헤어진 O와의 약속을 지키기 위해 여로에 든 것처럼.

③ 두 명의 프란츠. '나'는 야간열차 객실에서 독일인 프란츠와 소설가 프란츠 카프카에 대해 이야기를 나눈다. 독일인은 반갑게 '나'를 맞아 환담을 나누었으나, 잠시 뒤 '나'를 지갑 도둑으로 몰아붙였다. 두 명의 프란츠는 상반되는 인물이지만, 객실에서 만난 프란츠가 '나'에게 카프카적 부조리를 체험하게 해주었다(!)는 점이 지적되어야 한다. 둘은 등장인물과 작가의 관계이다.

④ 전수진과 E. '나'는 유럽에서 반지의 여행을 하고 있다. 다시 말해 반지를 버리기 위해 반지 모양의 행로를 따라가고 있다. 두 사람은 이 쳇바퀴에서 벗어날 것을 제안함으로써, '나'에게 이 약속 바깥의 가능성을 보여준다.

⑤ 서두에서도 말했지만, 무엇보다도 작가인 '나'와 '나'가 쓰는 글 속의 '나', 1999년의 '나'와 2024년의 '나'도 텍스트의 안팎에서, 시간의 이쪽저쪽에서 맞놓인 두 사람이다.

1과 0이 이진법의 수라면 2는 두 수의 공존으로 나타나며, 10으로 표기되고 '이진수 일영'이라 읽는다. 다시 말해서 둘은 이진법 세계에서 새로운 자리가 나타나는 더 높은 차원의 자리이다. 2의 자리에서 1과 0이 만나는 것이다. 이 소설이 두 사람을 묶어서 독자에게 소개하는 데에도 그런 뜻이 있는 것 아닐까. 이야기의 달려감과 돌아옴을, 있음과 없음을, 그것의 동시성을 증명하는 반지를, '나'의 부재를 나타내는 "미주신경성 실신"(129p)과 타인의 현존을 나타내는 "불침번"(124p)을 동시에 드러내고 표기하는 것이 이 둘이 아닐까.

1999년의 여행이 끝나고, 2024년의 여행에 대한 회상도 끝났다. 이렇게 이야기는 끝났다. '나'는 마지막 장면에서 쓰던 소설 뭉치를 버렸으며, 마지막으로 반지를 버리러 간다. "이 여행을 끝내기 위해."(191p) 이것이 소설의 마지막 구절이다. 이로써 0과 1로 이루어진 사이클이 끝나고 '나'와 은혜, 두 사람이 남았다. 이제 둘을 1로 세는 새로운 여행이 시작될 것이다. 어디선가 반지가 발견되고, 분실했던 또 다른 소설 뭉치가 손에 들어올 것이다. 이렇게 더 큰 원환이 시작된다. 즐겁고 다정한 쳇바퀴는 이렇게 다시 돌아간다. 독자는 이미 문지혁의 다음 이야기를 기다린다.

작가의 말

　소설을 쓰는 동안, 세기의 끝과 내 20대의 시작
이 교차하던 1999년으로 돌아가 흐릿한 기억과 선
명한 사진 사이에 적혀 있는 이야기를 찾아 헤맨
밤이 많았다. 인생의 어느 한 시절을 통과한다는
것은 누구에게나 대체로 고단한 일이지만, 젊은
시절의 한때는 그것이 지닌 뜨거움과 미숙함으로
인해 멀어질수록 더 애틋해지는 것만 같다. 그것
을 단순한 자기 연민이라고 부를 수 있을까?

　어느 고단한 밤에 눈을 감으면 나는 아직도 유
럽 어딘가를 향해 가는 야간열차 3등칸 꼭대기 침

대에 누워 있다. 온종일 더위 속에 땀 흘린 몸은 찝찝하고, 덜컹이는 열차는 척추 위로 밤새 선로를 그린다. 깊이 잠들지 못한 채 현실과 뒤섞인 꿈 아닌 꿈을 꾸다가, 눈을 뜨면 열차는 언제나 낯선 도시에 들어서는 중이다. 그로부터 27년이 흘렀지만 여전히 나는 거기에 있다.

지구 반대편에서 세상의 비밀을 알고 싶었던 시절이 있었다. 내가 사랑하는 당신과, 나를 사랑하지 않는 당신의 비밀도. 하지만 이제 그럴 수 없다는 걸 안다. 프루스트의 말처럼, 우리가 발견하는 건 세상의 비밀이 아니다. 오직 우리 자신의 비밀뿐.

결국 그 비밀이 우리를 또 다른 여행으로 안내할 것이다. 당신과 내가 한 번도 가보지 못한 곳으로.

Bon voyage.

DAY 9702

서울

문지혁

나이트 트레인

지은이 문지혁
펴낸이 김영정

초판 1쇄 펴낸날 2026년 2월 5일

펴낸곳 (주)현대문학
등록번호 제1-452호
주소 06532 서울시 서초구 신반포로 321(잠원동, 미래엔)
전화 02-2017-0280
팩스 02-516-5433
홈페이지 www.hdmh.co.kr

ISBN 979-11-6790-343-3 04810
     978-89-7275-889-1 (세트)

* 책값은 뒤표지에 있습니다.

현대문학 핀 시리즈 소설선 ────────

001	편혜영	죽은 자로 하여금
002	박형서	당신의 노후
003	김경욱	거울 보는 남자
004	윤성희	첫 문장
005	이기호	목양면 방화 사건 전말기─욥기 43장
006	정이현	알지 못하는 모든 신들에게
007	정용준	유령
008	김금희	나의 사랑, 매기
009	김성중	이슬라
010	손보미	우연의 신
011	백수린	친애하고, 친애하는
012	최은미	어제는 봄
013	김인숙	벚꽃의 우주
014	이혜경	기억의 습지
015	임철우	돌담에 속삭이는
016	최 윤	파랑대문
017	이승우	캉탕
018	하성란	크리스마스캐럴
019	임 현	당신과 다른 나
020	정지돈	야간 경비원의 일기
021	박민정	서독 이모
022	최정화	메모리 익스체인지
023	김엄지	폭죽무덤
024	김혜진	불과 나의 자서전
025	이영도	시하와 칸타의 장─마트 이야기
026	듀 나	아르카디아에도 나는 있었다
027	조 현	나, 이페머러의 수호자
028	백민석	플라스틱맨
029	김희선	죽음이 너희를 갈라놓을 때까지
030	최제훈	단지 살인마
031	정소현	가해자들
032	서유미	우리가 잃어버린 것
033	최진영	내가 되는 꿈
034	구병모	바늘과 가죽의 詩
035	김미월	일주일의 세계
036	윤고은	도서관 런웨이